名門斬り

神田のっぴき横丁5

氷月 葵

時代小説
二見時代小説文庫

目次

名門斬り——神田のっぴき横丁5

第一章　さる大名家

一

竹箒《たけぼうき》を手にした真木登一郎《まきとういちろう》は、朝の空を見上げて息を吸い込んだ。十月の風はすでに冬の冷たさだ。

さて、と竹箒を動かしながら、ゆっくりと家の前を掃いていく。ついでに隣も向かいも、と横丁を広く掃除するのが日課になっていた。

と、登一郎はその手を止めて、顔を上げた。

横丁に女人《にょにん》二人が駆け込んで来たためだ。

若い娘は赤子を抱いており、娘の母親らしい年配の女は娘の背中を押している。その髪の結い方や着物で、武家の女性であることが見て取れた。

登一郎と目が合うと、年配の女は早足で寄って来た。

「もし、こちらはのっぴき横丁でしょうか」

「ふむ、さよう」

登一郎は頷く。のっぴきならなくなった者が駆け込んで来る横丁だ、と喉元まで出かかった言葉を、呑み込んだ。言わずとも、まさにそのものであるように見える。

「あの」女は辺りを見回す。

「子供を預かる家があると聞いたのですが」

ああ、と登一郎は向かいの家を顎で示し、歩き出した。

「それならこちらだ」

戸口に寄って行くと、女らも付いて来た。

「お縁《えん》さん」

呼びかけると、すぐに「はい」という声が返り、足音が鳴った。

戸が開き、立ったお縁は並ぶ女達に目を瞠《みは》った。

「あら、まあ、こちらは」

「うむ、お縁さんのお客だ」

登一郎の言葉に、年配の女が進み出た。

「あの、この子を預かっていただきたいのです」

娘が抱いた赤子を目で示す。と、その顔を振り、横丁の外へと向けた。

む、と登一郎はそのようすを見つめた。なにやら、慌てているようだな……。

「まあ」お縁は眉を寄せて赤子を覗き込んだ。

「すみませんけど、うちでは乳飲み子はお預かりしていないんですよ」

その言葉に、女はさらに進み出る。

「そこをなんとか……」

言いながら、また顔を表のほうに向けた。

「ふむ」登一郎はお縁を見た。

「とりあえず、中で話を聞いて差し上げてはいかがか」

ぜひ、と女二人が頷き合うのに、お縁は小さく頷いた。

「はあ、ではお入りを」

大きく開けた戸口に二人が入り込む。

お縁は登一郎を見上げて、手で招いた。

「先生もどうぞ、御武家様のご事情ならば、一緒に聞いていただいたほうがよろしいかと」

え、と振り向く二人に、お縁は微笑んでみせる。

「こちらは横丁の世話役、のようなお方で皆から先生と頼られているのです」

いや、と言いかけて、登一郎は慌てて胸を張った。

「まあ、なにか役に立てるかもしれぬ」

首を突っ込みたい、という思いがふつふつと湧き上がっていた。

なれば、と二人が頷き合うのを見て、登一郎は続いて上がり込んだ。

座敷で向き合う女達の脇に座って、登一郎は改めて腕に抱かれた赤子を見た。男児らしく、青い産着を着せられている。お縁もそれを覗き込んでいた。

「生まれて幾月ですか」

「八ヶ月になりました」

答えた年配の女に、お縁は顔を向ける。

「先ほども申し上げましたが、うちはもらい乳の当てもないので、乳飲み子はお預かりできないんです」

「なれば」女が並んだ若い女の背に手を当てた。

「娘の喜代《きよ》も一緒に、母子共々置いてくださいませんか」

は、と目を丸くするお縁に、母親はたたみかけた。

「世話は喜代がいたします、わたくしも手伝いに参ります。この横丁のお方は口が固いと聞きました、お願いいたします」

頭を下げる母親に倣《なら》って、喜代も子を抱いたまま頭を下げた。

お縁は戸惑いの目を登一郎に向けた。

登一郎は家の中を見回すと、お縁にその目を向けた。

「今は預かっている子はおらぬと見える、どうだ、助けてやっては」

はあ、とお縁は小さく息を吐いた。

「そうですね、お困りのようですし」

母娘が顔を上げた。

「お願いいたします」

喜代も初めて声を出した。

「すみませぬ、なにとぞ」

お縁は困り顔で家の中を目で示す。

「このような質素な家、御武家様にはご不便と思いますけど」

「いえ」母親は首を振る。

「わたくしどもの家とて、手狭《てぜま》な借家、申し分ありません」

ほう、と登一郎は母娘を見た。着物も帯も地味で、髪に挿《さ》した櫛《くし》も飾り気がない。主《あるじ》は浪人かもしれんな……。

「喜代殿、と言われるのだな」

登一郎の問いに娘は頷き、母が顔を向けた。

「ああ、申し遅れました、わたくしは辻井富美《つじいふみ》と申します。で、娘が喜代、この赤子は幸丸《こうまる》と呼んでいます」

呼んでいる、という言葉に、登一郎は片眉を寄せた。なにやら事情があるのだろう、が、どこまで訊いてよいものやら……。

「御子《おこ》の名はいずれ父が決める、ということですかな」

登一郎の問いに、あ、と富美は口元を押さえた。

「はい……乳離れしたのちに、お屋敷に引き取られることになっていたのです」

いた、という言葉に、また引っかかる。

「ふむ、では、その御子はお屋敷で懐妊《かいにん》なさったと……喜代殿はどこぞのお屋敷に上がっていたわけですな」

「ええ」富美が小さな息を吐いて、頷く。

「ま……いえ、さる大名家の奥女中として上がっていたのです」

その言葉に、隣の喜代は深くうなだれた。

それに気づいた母は、娘の膝に手を当て、身を折った。

「堪忍しておくれ、わたくしはそなたのために……名家の奥女中を務めれば、よい縁談に恵まれると思うて……」

声を震わせる。

なるほど、と登一郎は母娘を見た。見えてきたぞ……。

うなだれる喜代に、登一郎はそっと問いかける。

「御子の父は大名家の男子……揉めているようだから、嫡男か」

喜代が頭を振ると、富美が顔を上げた。

「御次男です」

「ほう、部屋住みか」

登一郎は腕を組んだ。武家の嫡男は跡継ぎとして大事にされるが、次男以下は部屋住みと呼ばれて、仕事も地位も得られない。妻を得ることすら叶わずに、放埒《ほうらつ》に走る者もいる。

「御子は宿下がりをして産んだのだな」

「はい」富美が頷く。

「懐妊がわかると、おなかがふくらむ前に戻されてまいりました。人の口に上《のぼ》るのを避けたかったのでしょう」

「ふむ、して、健《すこ》やかに乳離れをしたら引き取ろうということか、勝手な言い分ではあるが」

「ほんとに」

お縁が眉を顰《ひそ》める。

いや、と登一郎も眉を寄せた。

「引き取られることになっていた、と申されたな、ということは、そうではなくなったということか」

富美も顔を歪めた。

「お屋敷の事情は詳しくはわかりませんが……あの、わたくしどもの倅《せがれ》が、お屋敷の用人をしているのです。それで、昨日、戻って来てから言ったのです。子は殺されるかもしれないから、どこかに身を隠せ、と」

「なんと」

登一郎が目を見開くと、お縁も同じ目を向けてきた。

「そういうことなら、うちでお預かりしなくては」

うむ、と頷いて登一郎は喜代を見た。

「一つ、訊いてもよいか、喜代殿はその次男坊と情を通わせておられたのか」

「いいえ」喜代はきっぱりと首を振った。

「情など……言葉を交わしたことさえ……それが突然に……」

その喉が詰まる。

「なんと」登一郎は拳を握った。

「非道なことを」

お縁も眉を上げて喜代を見た。

「この横丁は困ったお人の味方ですから、ご安心ください」

「さよう、それこそがのっぴき横丁だ」

登一郎も胸を張り、声も張って母娘に頷いた。

二

夕方。

「ごめんくださいまし」

お縁の声に、おう、と登一郎は立ち上がった。

「お入りなされ」

言いながら上がり框《かまち》に寄って行くと、戸を開けたお縁が入って来た。手にした深鉢を差し出しながら、頭を下げる。

「今朝はありがとうございました。おかげさまで話がよくわかりました。お礼というにはお恥ずかしいですが、召《め》し上がってください」

深鉢を受け取ると、立ち上る炒《い》り豆腐の匂いに、登一郎は鼻を動かした。

「や、旨そうだ、かたじけない……あの親子はどうしておられる」

「はい、御子はすやすやと眠って、喜代様も落ち着かれました。けど……」

お縁は顔を横に巡らせる。

「これから末吉《すえきち》さんの所へ行って来ます」

む、と登一郎も左を向いた。

横丁の端には戸直し屋の末吉の家がある。戸や窓を直すだけでなく、造ってもいる大工だ。

「どこか不具合がおありか」

「はい、裏口の戸ががたついてるんです。窓も格子《こうし》が緩《ゆる》んでいるし、表の戸も外《はず》れやすいし、中の襖《ふすま》も……」

その不安げな面持ちに、登一郎はふむ、と眉を寄せた。不穏《ふおん》を感じる喜代の身の上から、家を強固にしたくなったに違いない。

「そうさな、頑丈《がんじょう》にするにこしたことはない」

「はい、なにやら心配になりまして……」お縁は顔を歪める。

「あのような話は、大店《おおだな》でもよくあるんですけど、命を取る、などと物騒《ぶっそう》なことにはなりません。御武家はやっぱり怖いと思って。あ、いいえ、先生はもちろん別ですけど」

手を振るお縁に、登一郎は苦笑する。

「いや……古来、武家では身内の殺生《せっしょう》も珍しいことではない。町の暮らしからすれば、物騒なのは確か。守りは大事だ」

「はい、なのでお願いに行ってみます。末吉さん、昼間は留守だったけど、さっき、戻ったみたいなので」

お縁は小さく頭を下げると、外へと出て行った。

登一郎は深鉢を手に奥に行くと、「佐平《さへい》」と呼びかけた。台所の土間に立つ佐平が「はい」と振り返る。

「炒り豆腐をもらったぞ」深鉢を手渡しながら、登一郎は顔を巡らせる。

「あれはどこにしまった、そら、大工道具を屋敷から持って来たであろう」

「ああ、それなら」

佐平が座敷に上がり、押し入れを開けた。長方形の木箱を引きずり出すと、

「はい、ここに」

と、微笑んだ。

おう、と登一郎はその前で胡座《あぐら》をかく。

蓋を開けると、中には鋸《のこぎり》や金槌《かなづち》、鑿《のみ》や鉋《かんな》などが並んでいた。

道具箱は作事《さくじ》奉行《ぶぎょう》をしていた頃に入手した物だ。普請を監督する役目から大工仕事を知る必要を感じ、大工頭《がしら》からいろいろと聞いた挙げ句、使い古しの道具箱を譲ってもらったのが目の前の物だった。

「錆《さ》びてないな」

登一郎は刃に指を当てて目を細めると「よし」と立ち上がった。

外に出ると、向かいにお縁と末吉の姿があった。

表の腰高障子《こしだかしょうじ》の戸に手をかけた末吉が、お縁の言葉を聞きながら、手を動かしてあちらこちらを触っている。

近寄った登一郎が、その手を覗き込んだ。

「戸の具合はいかがか」

ああ、と末吉は笑顔になる。

「この戸は大したことありやせん。少しガタがきてますが、釘を打ち直せばしっかりしまさぁ」

「ほほう、さようか」登一郎も笑顔になる。

「ならば、わたしでもできそうだな」

へ、と末吉が目を見開く。

「先生がですかい、大工仕事はやったことがおありで」

「うむ、役人の頃に目を利《き》かせようと思ってな、大工に教わったのだ。それから家でいろいろと試して、まあ、初めは失敗して戸や棚を壊したものだが、なに、失敗は修《しゅう》練《れん》、失敗を重ねるうちにできるようになった」

「へえ」と顔を見合わせる末吉とお縁に、登一郎は胸を叩いた。

「心配は無用、道具も持っている」

はあ、と末吉はまた笑顔を見せた。

「そんなら、お願いしやしょう。実は今、あたしは家の普請を手伝いに行ってるもんで、こっちはすぐには始められないんでさ」

「ほう、さようであったか。なれば、ちょうどよい、わたしがやる、どうだ、お縁さん」

はあ、とお縁は頷く。

「すぐにやっていただけるんなら、ありがたいことです、けど……さほどのお礼はできませんし」

「おう、そうだった」と末吉がそれを受ける。

「横丁じゃなんでも助け合いだから、礼金のやりとりはしねえんです」

「おう」登一郎は目元を弛《ゆる》めた。

「もとよりそんなことは考えておらん。わたしは朝、その日にやるべきことがあると思うと、飯が旨くなるのだ。仕事をさせてもらえれば、それだけでよい」

ああ、と末吉が笑う。

「そりゃ、よくわかりまさ。やることがねえってのは、つらいもんです」

「よし、なれば決まりだ」

手を打つ登一郎に、お縁も微笑んで「ならば」と頭を下げる。

「そいじゃ」と、末吉が手を上げた。

「ほかを見に回りましょう、お縁さん、窓もだめと言ったね」

「はい、窓枠も緩んで、それに格子が何本か外れかかっているんです」

あいよ、と脇に回る末吉に、登一郎もお縁も続く。

隣の代書屋《だいしょや》と向かい合った窓は、格子が歪んでいた。

ふうん、と手で確かめていき、窓枠も触った末吉は、登一郎を振り返った。

「この格子は木が腐ってるから、取り替えなきゃだめですね」

ほう、と手を伸ばす登一郎に頷いて、末吉は窓を離れて裏へと進んで行く。

勝手口の戸を動かすと、末吉は外枠を叩く。

「こいつも、木を取り替えたほうがいいな」

まあ、とお縁が顔を歪めると、ううむ、と登一郎は顎を撫でた。

「では、木材を揃えなければならぬな」

「ああ、そいつは」末吉はにっと笑う。

「棟梁《とうりょう》に掛け合ってみましょう。今、行っている普請場では、端材《はざい》が出ますから、そいつをもらえるよう、頼んでみまさ」

「おっ、そのようなことができるのか」

「ええ、そこの棟梁は太っ腹ですから、いやとは言いますまい」

「ほほう、それはありがたい」登一郎は改めて末吉を見た。「末吉さんは家の普請もするのだな」

ああ、と末吉は苦笑した。

「これでも元はいっぱしの大工ですからね。ただ、一人でやるのが気楽なもんで、戸や窓の直し屋を始めたんでさ。今、建てている家は、大店の旦那さんの注文でね、丸窓や変わり窓を造りたいってえことなんで、あたしに話がきたんです。棟梁とは、昔、いくどか一緒に仕事をしたことがあって、あたしが窓や戸の造りを得意としているのを知ってるもんで」

「なるほど、そういうことか」

「へい、だから明日の午後にでも普請の場に来てください。神田明神下《かんだ》の一本裏の道、普請の音がしてるから、すぐにわかりまさ」

「おう、承知した。木材をもらえるならありがたい」

「ええ」お縁が手を合わせる。

「本当に」

末吉は裏の戸を開いた。

「中も直したいとこがあるんでしたね、見せてもらいやしょう」

はい、とお縁は中へと招く。

末吉に続いて、登一郎も上がり込んだ。

座敷にいた喜代が登一郎に気づいて会釈をする。

その横で眠っていた赤子が、足音や声に目を覚まして泣き出した。

「おう、坊」末吉が覗き込む。

「すまねえな、すぐにすむからよ」

初めて見た母子に驚くこともなく、末吉は離れる。

なるほど、と登一郎は胸中でつぶやく。いちいち詮索《せんさく》はしない、それがのっぴき横丁の掟《おきて》であったな……。

「こちらです」

お縁が襖の前へと導いて行った。

三

神田明神下の道を、佐平が先に立って曲がった。

「あっちから金槌の音が聞こえますよ」

ふむ、と登一郎も続く。

一本、路地を進むと、そこに普請をしている家があった。

さほど大きくはない平屋で、すでに四方の壁も造られている。その壁の前に立つ末吉を見つけて、登一郎は寄って行った。

末吉も気配に気づいて、振り向いた。

「お、先生、お出ましですね」

「うむ、これが末吉さんの造った窓か」

円い窓が空けられている。

「へい、格子をどうするか、これから決めるんですけどね」

末吉は窓から首を突っ込むと、「棟梁」と大声を出した。

おう、という太い声とともに、足音が鳴った。

表に回ると、ちょうど出て来た棟梁と向き合うことになった。がっしりとした肩と太い首の上に乗った顔が、登一郎を正面から見る。

「末吉っつぁんから聞きやしたぜ」

うん、と末吉が頷き、

「棟梁の五兵衛《ごへえ》さんです」と登一郎を見る。

「端材のこと、お許しをもらいましたよ」

「それは」登一郎は姿勢を正した。

「かたじけない」

「なあに」五兵衛は腕を組む。

「どうせ、見習いの修練に使ったり、子供のおもちゃを作ったりするだけなんで。施《せ》主《しゅ》もかまわないって言ってやしたからね、あっこに積んだやつは好きに持って行っていいですぜ」

顎で示した片隅に、さまざまな形の端材が寄せ集められている。

皆でそちらに寄って行く。

末吉は長細い木を取って揺らす。

「これなんざ、ちいと太さを合わせれば、窓格子に使えまさ」

「うむ、ありがたい」

登一郎は佐平を振り向きつつ、唸った。

「しかし、これを全部は持って行けぬな」

「さいですね」懐《ふところ》から縄を取り出して、佐平がしゃがんだ。

「大きいのもあるし、持って行けるのは少しですね」

「ああ、そんなら」五兵衛が言う。

「また来《こ》られるときに来《く》りゃいい、ここの物には手をつけないように、大工らに言っておかぁ。どのみち、この先もどんどん余りは出るからよ」

「そうでさ」

末吉も頷く。

「そいじゃ遠慮なく」

佐平は端材を縄で縛り始める。

「おう、あとは好きにしてくんな」

五兵衛と末吉は背を向けた。

改めて造りかけの家を見回した登一郎は、ふと、その目を道に向けた。

黒羽織に着流しの男が、立ち止まって家を見ている。

町奉行所の同心か……。そう思いながら相手の腰を見ると、赤い朱房《しゅぶさ》の十手《じって》が見えた。が、すぐにその朱房を揺らすと、同心は去って行った。

「先生」佐平が立ち上がった。

「とりあえず、こんなもんでどうです」

束《たば》ねた木材を見せる。

「うむ、十分だ」

登一郎は、普請場へと戻って行く五兵衛と末吉に声を上げた。

「礼を申す、今日はこれにて」

二人は顔だけを振り向けて頷いた。


木材を抱えた佐平に合わせて、登一郎はゆっくりと神田の道を歩いた。

陽が傾き始めた道を、仕事を終えた男らが行き交う。

「ついでだ、飯を食って帰るか」

登一郎が振り向くと、佐平が笑顔になった。

「そりゃいいですね」

二人の顔が辺りを見回す。

縄暖簾《なわのれん》の居酒屋や〈めし〉と太書きされた掛け行灯《あんどん》などが目に入る。香ばしい醤油の匂いも漂ってきた。

思わず顔が弛むが、ふと、二人は足を止めた。

一件の縄暖簾の奥から、大きな音が響いたからだ。

なにかがぶつかり合う音に大声が混じる。怒声だ。

「表に出ろ」

がなり声とともに、男らが飛び出して来た。侍だ。皆、顔が赤く、酔っているのが一目瞭然《いちもくりょうぜん》、見て取れる。

柄《つか》に手をかけた武士の姿に、道を歩いていた人は慌てて隅に逃げる。

登一郎も下がりながら、男らを見た。

出て来た者らが、向かい合う。二人組と三人組だ。どちらも二本差しで、身なりはよい。が、どことなく野暮《やぼ》ったさがあった。

ふむ、と登一郎は男らの頭から足下までを見た。幕臣ではないな、どこぞの家臣というところか……。

「この、無礼者がっ」

二人組の一人が言うと、

「無礼はどっちだ」

三人組が言い返す。

「道理もわからんようだな、田舎侍め」

二人組の一人、面長《おもなが》の男が唾《つば》を飛ばすと、

「なんだとっ」三人組の吊り目が鯉口《こいぐち》を切った。

「われらをなんと心得る、ほ……五十四万石の大家なるぞ」

それを聞いた二人は顔を見合わせて、大きな笑い声を噴き出した。

「聞いたか、五十四万石だと」

「おう、我らが殿は六十二万石ぞ」

足を踏み出し、大口で笑い続ける。

吊り目は笑いながら、首を突き出した。

「五十四万石とは、細川《ほそかわ》家か。さすが、借金を踏み倒す御家は、家臣までが違うのう」

身を反《そ》らせて笑う。

肥後《ひご》の細川家は、札差《ふださし》に多額の借金をして踏み倒すことが、広く知られている。

「くっ」

三人組の角顔も鯉口を切る。

「そのほうら、六十二万石となれば伊達《だて》家か。となれば人のことは言えまい」

「おう」隣の面長も続いた。

「騒動の多い御家は、家中《かちゅう》の者まで騒動を好むか」

伊達家は放埒な三代藩主が、意のままにならない高尾太夫《たかおだゆう》を斬り殺した騒動で知られている。その後も跡継ぎを巡って諍いを起こし、処罰を受けた御家騒動が語り継がれていた。

もう一人の丸顔が笑い声を放つ。

「粗野《そや》はお国柄か」

二人組の手も、それぞれに鯉口を切った。

「黙れっ」

怒声とともに刀が抜かれた。

「格下ごときに愚弄《ぐろう》されるいわれはない」

吐き捨てるしゃがれ声に、

「なんだとっ」

三人もすぐさま白刃を構えた。

と、二人組が気合いとともに刀を振りかざす。

じりじりと向き合い、睨《にら》み合う。

下がっていた登一郎は一歩、踏み出した。なんと馬鹿なことを……。

歯がみしながら、自らも柄に手をかけた。

ああ、と泣くような声が聞こえてきた。店の前で、主が両手を振っている。

「やめてください、ここでやらないで……」

しかし、そちらには目も向けず、男らは足を強く踏んでいる。

「やあっ」

吊り目が踏み出し、刀を振り下ろす。

それを丸顔が受け、刃がぶつかった。

その激しい音に、周りを囲んでいた町人らが逃げ出していく。

その横でも刃がぶつかり合い、怒声も重なる。

振り回された刃が店の窓格子を壊し、掛けられていた行灯が落ちた。

あああ、と壊れた行灯を見ながら、店主がへたり込む。

「やっ、気の毒に」佐平が登一郎を見上げる。

「先生」

「うむ」登一郎は鯉口を切った。

「やめろっ」

刀を抜いて、踏み出す。

その大声に、男らが目を動かして、声の主を見た。

登一郎はさらに声を高め、

「町中での乱闘は御法度《ごはっと》なるぞ」

叫んで、切っ先を男らに向けた。

が、男らは手を止めない。

吊り目の男は、刀を構え直して相手の腹を狙う。

「ええいっ」

登一郎は吊り目の手首を峰《みね》で打った。

「よせというに」

その刀をすぐに回して、角顔の腕も打つ。

「こやつっ」

面長が登一郎に刃を向けた。

それを下から受け、刀を跳ね返す。

「愚行《ぐこう》をいたすと……」

登一郎は足を踏み出した。

横からもう一人が突いて来た。

「御家名に泥を塗ることになるぞ」

その脇腹に打ち込む。

　ぐっと身を折った男に、登一郎は切っ先を向けた。

　男の顔から赤味が引いていく。

「あ、役人だ」

　道の向こうから大声が上がった。佐平の声だ。

「こっちです、早く早く」

　登一郎は目で男らを順に見た。男らは体勢を立て直しながら、顔を見合わせる。

「そら、捕まるぞ」

　登一郎の言葉に、男らは刀を納める。と、ちっと舌打ちをして走り出した。

　町の者を突き飛ばして、辻を曲がり、姿を消した。

「へへん」佐平が鼻をふくらませて戻って来る。

「御大家でも役人には弱いってこってすね」

　うむ、と登一郎は笑う。

「よい機転だ」

　周りがざわめき、佇んでいた人々が動き出す。

「あぁ、やれやれ」

　隅に寄っていた町人も戻って来た。

へたり込んだ店主に手を貸し、

「大丈夫かい、災難だったな」

と、立たせる。壊れた格子を拾う者もいた。

「とんでもねえな」

「ああ、ありゃ、江戸に来たばかりの勤番侍だろうな」

「おう、けど、面白かったな、どっちも大大名ってのがよ」

「家名なんか明かしやがって、ばっかだねえ」

笑い声が広がる。

登一郎は店主の肩に手を置いた。

「家名がわかったのは好都合だ、役人に言うがよい、店の中も壊されたのであろう、償《つぐな》い金をもらうがよい」

「償い金……」

他国から江戸に来た藩士は、町奉行所の支配となる。訴え事なども、町奉行によって沙汰が下される。

「うむ、今月はちょうど北町奉行所が月番だ。御奉行は遠山《とおやま》様だから、きちんと話をつけてくれるに違いない」

町奉行所はひと月ごとに当番が変わる。十月は北町奉行の遠山金四郎《きんしろう》が月番に当たっていた。

「おう、そうだ」

周りから声が上がった。

「遠山様ならちゃんとしてくれらぁ」

「おうとも、南町じゃなくてよかったな」

「ああ、妖怪《ようかい》なら、大名の顔を立てて、居酒屋の災難なんざ見て見ぬ振りだぜ」

南町奉行は、町では妖怪と呼ばれている鳥居耀蔵《とりいようぞう》だ。

「おっ、ほんとの役人が来たぜ」

その声に、登一郎は「行こう」と佐平の背を押して歩き出した。

足早にその場を離れつつ、佐平は肩をすくめる。

「名門の御家中にもああいうのがいるんですねえ」

ああ、と登一郎は苦笑する。

「どんな家中にも短気な者や喧嘩好きがいるものだ。どんな名門でもな……」

「そんなもんで」佐平は足を速める。

「大声出したら、ますます腹が減っちまいましたね。飯屋、見つけましょう、旨い飯屋」

うむ、と登一郎も足を速めた。

四

お縁の家の前に立って、襷掛《たすきが》けをした登一郎は表戸に手をかけた。外枠を揺らすと、がたがたと音が鳴った。四方を順に確かめていくと、下のほうも揺れる。

ふうむ、上も下も合わせが緩んでいるのだな……。そう口中でつぶやきながら、上の障子の桟《さん》も手で確かめる。よし、と登一郎は足下に置いた道具箱に手を伸ばした。蓋を開けようとして、ふと、その手を止めた。人がやって来るのが、目に入ったからだ。

近づいて来たのは喜代の母富美だった。大きな風呂敷包みを抱えている。

登一郎のそばまで来ると、富美は深々と頭を下げた。

「こんにちは。先だってはありがとうございました」

「これは御母堂《ごぼどう》、いや、礼には及ばぬこと」

登一郎の微笑みを、富美は恐縮したように見上げる。が、襷掛けをしたその姿に、訝《いぶか》しげな目を向けた。

ああ、と登一郎は察して、枠を揺らして見せた。

「お縁さんに頼まれて、補強をすることになったのだ。喜代殿と御子を守るためにもな」

「まあ、それはお手数を」また頭を下げる。

「心強いことです」

が、上げた顔がかすかに歪んでいた。口をためらいがちに動かすと、富美は一歩、踏み出して登一郎に寄った。ささやくような声が漏れた。

「あの、このようなことまでしていただいて……その、お縁さんにはいかほど礼金をお渡しすればよいのでしょう。先日は慌てていたものですから、聞きそびれてしまいまして」

ふむ、と登一郎は小首をかしげる。

「さて、聞いたことがないゆえわたしからは答えかねるが……御子の歳や預かる長さでも変わるであろうし」

はあ、と富美は包みを抱え直す。

「お米は持って来たのですが……」

米か、と登一郎は包みを見た。ということは金子《きんす》にはゆとりがない、ということだろうな……。思いつつ、改めて富美を見る。髪には白いものが混じっている。が、それほど皺深いわけではない。訊いてよいものかどうか……。そうためらいつつ、こほんと咳を払った。

「わたしは齢《よわい》四十七なのだが、富美殿はもう少し若く見える。その、ご亭主は……」

まあ、と富美は枯れた笑顔を見せた。

「うちの旦那様も生きておれば四十七だったのです。一昨年、急な病で亡くなりまして、わたくしは四十二で早くも後家《ごけ》となってしまったのです」

「ううむ、そうであったか」登一郎は白髪を見た。

「それは難儀なことであったろう」

「はい、旦那様は剣術道場で指南をしていたので、ほそぼそとではありますが、暮らしていけておりました。それが絶えて……息子は剣術が不得手でしたので後は継げず、慌てて仕事を探しまして」

「ふむ、大名家の用人と言っておられたな、恵まれたことだ」

富美は小さく頷く。

「はい、そのときにはそう思いました。なんとか、暮らしも立てられるようになりました」

その抑えた声音《こわね》に、む、と登一郎は富美の心中を推し量った。それがこのようなことになるとは、か……。

「御子はお二人か」

「はい……喜代がよい家に縁づいてくれれば、もう案ずることはない、と思うていたのですが……」

ううむ、と言葉を探して登一郎は黙り込んだ。

その耳に、家の中から物音が伝わってきた。

足音が土間に下り、戸が開く。お縁が顔を覗かせた。

「あら、どなたのお声かと思ったらお母上でしたか」

富美が頭を下げる。

「着替えとおむつ、それにお米を持参いたしました」

まあまあ、とお縁は包みを受け取る。

「さあ、中へ、喜代様が喜ばれますよ」

お縁は登一郎に目顔で会釈をすると、富美を家へと招き入れた。

登一郎は外から戸を閉め、再び手を伸ばす。

「さて、仕事を始めるか」

そう独りごちて、道具箱へと手を伸ばす。が、しまった、と声を漏らした。

「釘がない」

手を上げると、己の頭を叩いた。


外の道から横丁に入ると、登一郎はすぐに立ち止まった。

一番端の家で、声を上げる。

「清兵衛《せいべえ》殿、おられるか」

「おう、入られよ」

声を返してきた永尾《ながお》清兵衛は、横丁の差配をまかされている浪人だ。

「邪魔をいたす」

戸を開けて、登一郎は座敷に上がり込むと、手にしていた酒徳利《さかどくり》を掲げた。

「一杯やらぬか、釘を買いに行ったついでに酒も買ってきた。天ぷらもあるぞ」

おう、と清兵衛は膳を引っ張り出しながら、

「釘とは、なにをするつもりだ」

首をかしげた。

「うむ、それよ、清兵衛殿にも話しておこうと思ってな」

並べた膳を挟んで向かい合った。

「実は先だって……」

お縁の所に来た喜代らのことを伝える。

ほう、と清兵衛は酒を含んだ顔を上げた。

「大名家に女中奉公に上がって子を、か……まあ、それはよくある話だが、殺されるから逃げろ、とはずいぶん物騒な話だな」

「うむ、詳しいわけはよくわからんが、無体《むたい》なことだ。それゆえ、お縁さんの家はしっかりと補強しておこうと、そういう運びになったのだ」

「なるほどな、それはよい。しかし、その娘御、不憫《ふびん》なことだな。無体をされた上に、逃げねばならぬ身になるとは」

「うむ、人を人とも思わぬ所業だ。聞いていて腸《はらわた》が煮えくりかえったわ」

「どこだ、その大名家というのは」

「名はさすがに明かさなかった。だが、松平《まつだいら》かもしれん。御母堂が、ま、と言いかけたのだ」

「ほう、あってもおかしくはないな。松平家は多いからな。十四家だったか」

「十四とも十八とも言われている。分家が次々に増えてきたからな。屋敷も中屋敷や下屋敷などを数えればいくつあるか知れん」

苦笑を浮かべて、登一郎は酒を飲む。

ううむ、と清兵衛は眉を寄せた。

「それほどの家なら、子は御家騒動の種になりかねんな」

「うむ、それもよくある話だ。血筋を巡って諍いになるのは珍しくない」

「ううむ」清兵衛は膝を叩く。

「だからといって、赤子の命を脅かすなど、言語道断《ごんごどうだん》。そもそも、血筋がなんだかんだというのが、つまらんことだ」

うむ、と登一郎も頷く。

「血筋や家格にこだわるのは、武家の倣いだが」

「そうとも、そもそも松平家とて、元はどういうことのない家だったのだろう、それを格上げするために家康公《いえやすこう》は徳川《とくがわ》に名を変えたのだろうが。徳川は新田《にった》家の血を引く家だから、と。新田家は確か、清和源氏《せいわげんじ》だったか」

「ふむ、よく知っているな。新田家の祖は源義家《みなもとのよしいえ》の孫の義重《よししげ》で、頼朝《よりとも》や足利尊氏《あしかがたかうじ》の先祖に当たるゆえ、格が高い。その新田家の流れを汲んだのが上野《こうずけ》の徳川家、という話を、わたしも聞いたことがある。その子孫が三河《みかわ》で松平になった、と。しかし、松平家が真《まこと》にその徳川の血を引くかどうかは定かではない、というのも、実は聞いたことがある」

「ああ、亡《の》うなった親父様がよく言っていたわ。元はどこの者とも知れぬ馬の骨が、嘘か真かわからん源氏や平氏、藤原《ふじわら》の血筋を名乗って偉そうにしている、と」

「ほほう、そのようなことを」

うむ、と清兵衛は顔を歪めた。

「実は我が永尾家は、平氏の血を引いているそうだ。幼い頃、親父様からいくども聞かされたものだ。まあ、嘘か真かわからんが」

「なんと、そうなのか」

登一郎は目を瞠る。と、その顔を振って、笑い出した。

「いかん、それを聞いとたん清兵衛殿の顔が品良く見えてしまった。そんな思い込みこそが間違いだというのに」

はははは、と清兵衛も笑い出す。

「まったくな、人の目ほど危ういものはない。うちの親父様はそんなことを言いながらも、こうも言っていたものよ。血筋などなんの役にも立たん、とな」

清兵衛は鱚《きす》の天ぷらを口に運ぶ。光った口が尖った。

「永尾家は何代にもわたって、仕官や浪人を繰り返してきたというからな、血筋の虚《むな》しさを思い知ったのだろう」

「なるほど……我が真木家など、はなから馬の骨であったゆえ、なんの話も伝わっておらん」

登一郎も海老《えび》の天ぷらを口に入れる。それを飲み下すと、膝を叩いた。

「馬の骨、けっこう」

清兵衛も同じようにして笑う。

「まあ……」登一郎は海老の尻尾《しっぽ》を見つめた。

「松平家かどうかはわからんがな。まのつく大名家なら、松前《まつまえ》家も松浦《まつうら》家も、いや牧《まき》野《の》家だってある。そもそも、ま、というのも聞き間違いかもしれん」

「ふむ」清兵衛は天井を見上げる。

「そうさな、ま、名を知ったところで解決ができるわけでなし、横丁でできるのは、せいぜい母子を助けることだけだ」

「うむ、そういうことだな」

登一郎は海老の尻尾を口に放り込むと、大きく頷いた。

五

家の土間に置いていた木材から、長い木を手に取って、登一郎は右に左にと向きを変えて見ていた。

「おや、なにをしておいで」佐平が寄って来る。

「お縁さんの家、表戸の修繕はすんだんですよね」

それは昼前に終わっていた。

「うむ、だから勝手口の戸に取りかかっているのだ。外枠が傷《いた》んでいるので、取り替えなくてはならん」

「ははあ」佐平は小首をかしげる。

「けど、その木じゃ短すぎるんじゃないですかい」

「うむ」登一郎は別の木も手に取る。

「こちらと繋《つな》げてはどうか、と考えていたのだ。鎹《かすがい》で繋げればよかろう」

いやあ、と佐平は首を伸ばす。

「そんな細い木だと、ひびが入ったり、割れたりしかねませんよ。横に繋げるんならまだしも」

「む、そうか」登一郎は佐平の顔を見る。

「よく知っているな」

「そらぁ、お屋敷では小さい修繕をよくやりましたからね」

「ほう、大工仕事もできたのか」

まあ、と佐平は木材を見る。

「中間《ちゅうげん》には、ときどき大工の腕がある者も入って来るんですよ。怪我をして大工ができなくなった者や、棟梁や仲間とうまくやれなくて辞めちまった者とか……そういうのが入って来たとき、教わったんです」

中間は出入りが激しい。

「ほう、そうであったか」

「はい、だいたい中間なんて、なんでもできなきゃやっていけませんからね。不器用なやつは続きませんや」

佐平は置かれた道具箱を覗き込んだ。

「だいいち、鋸はあるんですかい」

あ、と登一郎は額を打つ。

「そうか、釘しか買ってきておらんわ」

佐平は笑いを堪《こら》えて頷いた。

「どのみち、鎹も要りようになりますよ。明日、また明神下に木材をもらいに行きましょう。長いのもあるかもしれませんや。で、鎹も買って帰る、と……」

「うむ、そうだな」

佐平は立ち上がって、押し入れへと向かった。

「確か指金《さしがね》もあったはず」

身体を突っ込んで、すぐに出て来た。直角に曲がった物差しを手に戻って来ると、登一郎に差し出した。

「木を取り替えるようなところは、これで計っておいちゃいかがです」

「おう、そうだな」

登一郎は立ち上がると、それを受け取って振った。

勝手口の外に立って、登一郎は指金を当てた。表の戸は腰高障子だが、勝手口の戸は全体が板だ。

ふむ、この板も傷んでいるから、替えたほうがよいな……。

指金で寸法を測る。と、その手を止めた。内側から何やら音が聞こえてくる。

耳を澄ませると足音で、土間に下りて近づいて来るのがわかった。お縁の静かな足音とは違う。

それが止まると、戸が小さく開いた。

おっ、と登一郎は上体を引く。

覗いたのは男の顔だった。

「あ、失礼を」

男は戸を大きく開けると、その場で腰を深く折った。

「真木先生、ですね」顔を上げると、背筋を伸ばした。

「わたしは喜代の兄で辻井幸之助《こうのすけ》と申します。母から先生のことを聞きまして、今、お縁さんがこちらにおられる、と教えてくださったのでご挨拶を、と思いまして」

ああ、と登一郎は反らしていた身体を戻す。

「さようであったか。わたしは真木登一郎、話は御母堂から聞いている」

「はい、さらに仔細《しさい》をお話ししようと……」

「仔細……ふむ、それは聞いておきたい」

中へと目顔で招く幸之助に、登一郎は座敷へと上がった。

赤子の泣き声のする部屋に入ると、喜代は子を抱いたまま、深々と頭を下げた。

「ああ、いや、楽になされよ」登一郎は向かいに座ると、子の顔を覗き込んだ。

「健やかそうでなにより」

はい、と喜代が微笑む。

「おかげさまで」

幸之助はその隣に並ぶと、腿の上で両手を握りしめた。

言葉を選んでいるような硬い面持ちに、登一郎が口を開いた。

「御子の父はさる大名家の次男、という話は聞いた。御家名は問わぬゆえ、安心なされよ」

は、と幸之助の面持ちが少しだけ弛んだ。

「お気遣い恐れ入ります」

「いや、して、御子は宿下がりをして産んだのだな」

「はい、外聞を慮《おもんぱか》ってのことかと。ですが、乳離れしたら、お屋敷に引き取ってくださる、という話だったのです。いずれは庶子《しょし》として認めていただけるとも、言われました」

「ふむ、では、喜代殿は屋敷に戻らぬ、ということか」

「はい、御子だけでよい、と」

ううむ、と登一郎は喜代を見た。

「喜代殿はそれで異存はなかったのか」

小さく、頷いた。

「はい、初めは……わたくしは側室になることを望んでいたわけではありませんから。なれど……」

喜代は腕の中の我が子を見つめた。

「乳に吸い付き、ときに笑うこの子を見ていると、だんだんと情が湧き、手放したくなくなりました」

「ふうむ、それは道理」頷きながら、幸之助を見た。

「が、事情が変わった、ということか」

はい、と幸之助の顔が歪む。

「実は……御家にはお三方、男子の兄弟がおられるのです。御長男と三男の若様は、御正室の御子ですが、御次男は御側室の御子だそうです」

「ふむ、大家ではよくあること」

「はい、御長男はすでに家督を継がれてまして、三男の若様も元服前に養子先が決まっていたそうです。御正室の御母君はさる大名家の姫ですので」

「なるほど、それもわかりやすい話だ。御大家は御大家同士、縁を組みたがる」

ええ、と幸之助は頷く。

「ですが、御次男は母上が低い身分であったので、養子もあきらめていたようです。が、そこに縁組みが持ち上がったそうです。わたしが上がっているのは中屋敷なので、すべて又聞きですが」

「ふむ、喜代殿は上屋敷、幸之助殿は中屋敷の勤めということか。されど、中屋敷とて、話がすぐに伝わるであろう」

「はい、御家臣は行き来しておられるので。その縁組み、お相手も大名家で、石高は低いものの御譜代《ごふだい》で、名門の血筋、藤原の流れを誇りとされているということでした。で、姫君がおられて……」

「婿養子、ということか」

「はい、男子は皆、夭逝《ようせい》されたそうで、婿を取って跡継ぎに、ということになったそうで……」

「白羽の矢が立った、ということだな。それは喜んだであろう」

「はい、御家もご当人もたいそうお喜びだったそうです。それが、先月のことだったのです」

ううむ、と登一郎は腕を組んだ。

「なるほど、そうなると子は邪魔、ということになるな。婿殿にすでに子がいると知られれば、下手をすれば破談にもなりかねない」

「ええ、それで御家中は揺れたようです」

「ふむ、事態が飲み込めたぞ」

頷く登一郎に、幸之助は拳を握った。

「実は、わたしは密かに話しているのを聞いたのです。子は引き取って息を止めてしまえばよい、赤子は些細《ささい》なことで死ぬものだ、と」

むうっ、と登一郎は唸る。

「いかにも御大家の考えそうなことだ。家中の争いや女同士の諍いなどで、男子が命を奪われる話は、武家においては珍しいことではないからな」

その言葉に、喜代は子を抱く腕に力《ちから》を込めた。

「あいわかった」登一郎は兄妹を見た。

「それで幸之助殿は、逃げろ、と言うたのだな」

「はい、のっぴき横丁のことは以前より聞いていたので、母に伝えたのです。頼る親類もいないもので」

「して」登一郎は幸之助を見た。

「屋敷のほうはどうなっているのだ」

「はい、先日、喜代と御子はどうしている、と尋ねられたので、産後の肥立《ひだ》ちが悪く、御子も病がちなため、養生先に預けています、と答えました」

「ほう、それはよい方便だ、相手は納得したか」

「はい、大事にいたせよ、と言われました。ですが、その目がほくそ笑んでいるのがわかりました」

「ふうむ、いなくなってくれればもっけの幸い、という心根か」

言いつつ喜代を見た。その歪んだ眉根に、

「いや、すまぬな、このようなことを言うて」

そっとささやくと、「いえ」と首を振った。

「わかっております」

「すまぬ」幸之助が拳で己を打った。

「わたしが奥女中の話など持ち込まなければ。このようなことには……」

いいえ、と喜代はまた首を振る。

「兄上のせいではありません、わたくしもよい話だと思いましたから」

喜代はその首を縮めた。腕に力が入ったせいか、子が泣き出した。

「おお、よしよし、ごめんなさい」

喜代は子を揺する。

「して」登一郎は兄を見た。

「これからどうなさるおつもりか」

「はい、今、考えております。御家中のようすを探りながら、どうすればよいのか
……」

「そうさな、まあ、ここがばれない限り大丈夫だ。動向を見ながら時を稼ぐのがよかろう」

登一郎は脇に置いていた指金を取り上げた。

「この家も補強しているところだ。喜代殿は安心して子の世話をするがよい」

はい、と子を抱きしめる。

幸之助は改めて登一郎に向かって手をついた。

「かたじけのうございます。のっぴき横丁がかように心強いところとは……よろしく

お願いいたします」

「横丁は皆が味方だ、安心なされよ」

登一郎は深く頷いた。

六

神田明神下の道を曲がると、すぐに金槌の音が聞こえてきた。

「やあ、だいぶ出来上がってきてますね」

見えてきた家に佐平が目を細める。

「うむ……お、末吉さんだ」

早足になって、二人は普請場へと入った。

窓の外に末吉が立っている。その横には年配の男が立ち、笑顔で言葉を交わしていた。

「おはようございます」

登一郎の声に、二人がこちらを向いた。

「お、先生」

末吉は笑顔になると、あ、そうだ、とつぶやいて隣の男を手で示した。

「このお方が普請の施主さんなんですよ。瀬戸物《せともの》を扱っている美濃屋《みのや》ってぇ大店のご主人で善七《ぜんしち》さん。端材を分けてもらうのを快く許してくださったんで」

「おお、それは」登一郎は向かい合った。

「真木登一郎と申す。このたびはかたじけなく、礼を申します」

「なあに」善七はにこやかに手を振る。

「人助けに使うと聞いたもんですから、喜んで。お好きにお持ちください」

その笑みに笑みを返すと、登一郎は窓に目を向けた。

「風情《ふぜい》のある窓になりそうですな」

「ええ」善七が目を細める。

「今、末吉さんと格子の相談をしていたところです。そこらにはない、粋《いき》な格子を考えてもらってるんですよ」

「へい」末吉が胸を張る。

「いい句をひねり出せるような、凝った格子を考えますよ」

「句……ご亭主は俳諧《はいかい》をおやりか」

登一郎の問いに、善七は満面の笑みで頷く。

「はい、と言ってもこれから始めるんです。この家が出来上がったら、隠居してのんびり暮らすつもりでして……三十年余り、盆も正月もなく働いてきましたから、念願の俳諧を始めて、絵でも描いて、余生を好きに送ろうと思ってるんですよ」

「ほう、それはよい。楽しみですな」

はい、と善七は窓に寄って行く。

「窓から見える辺りに、紅色、いや紅白でもいい、梅の木を植えるつもりなんです。その脇には笹を植えて茂みを作る……冬に雪が積もれば、一幅《いっぷく》の絵のような風情となりましょう」

末吉も胸を張る。

「あたしも丹精《たんせい》込めて作りますよ。窓を閉めても半分開けても、開け放っても、それぞれに粋になるような、そんな造りにしてえと考えてるんで」

「ふうむ」登一郎は目を細める。

「これは、よい家になりそうだ」

善七も「はい」と目を細める。

「欄間《らんま》も作ってもらっているんです。四季折々の風物《ふうぶつ》を彫ってもらって、家の中でもゆったり楽しめるように」

「なるほど。それはよい句が生まれるであろうな」

「ええ」

ふくよかな善七の笑顔に、登一郎は目顔で礼をした。

「いや、邪魔をいたした。では、遠慮なく木材を頂戴しますぞ」

「はい、どうぞ」

という穏やかな声に背を向けて、登一郎は窓を離れた。

隅に行くと、端材の山ができていた。

「おう」棟梁がやって来る。

「あれからまた増えましたぜ」

ほう、と登一郎が見つめ、佐平はしゃがみ込んだ。

「あ、こいつが長い」

佐平が棒状の木材を引っ張り出す。

「ああ、そいつは昨日出た余りだ」

頷く棟梁に、登一郎は笑顔を向けた。

「これはちょうどよい、もらってかまわぬか」

「へい、どうぞ」

あのう、と佐平が棟梁を見上げる。

「これ、もう一本、ありませんか。そうすると、戸の枠をすっかり取り替えられますよね」

登一郎にも顔を向ける。

「む、それはそうだが、かほどに厚かましいことは……」

「ああ」棟梁が顔を巡らせる。

「多分、二、三日のうちに出まさ。またお越しなさい」

「そうですか」佐平が棒を抱えて立ち上がる。

「よかったですね、先生」

「うむ、ありがたい」

そいじゃ、と佐平は棒を登一郎に渡し、再びしゃがみ込んだ。懐から縄を取り出すと、板きれをつかむ。

「こっちも少しもらっていきます。いいですかい、棟梁」

見上げる佐平に、「おうよ」と歯を見せて、棟梁は踵《きびす》を返した。

「銭も買ったし」佐平は懐をぽんと叩いた。

「あとは帰るだけ」

うむ、と登一郎は向けられた横目に笑みを返した。

「せっかくだ、中食《ちゅうじき》をすませて戻ろう」

「はい」と佐平は木材を脇で抱え直す。棒は登一郎が持っていた。

そうだ、と登一郎は前を指した。

「先だっての居酒屋に行ってみよう」

「ああ、あの侍同士の諍いがあった」

「うむ、格子や行灯が壊されていたろう、どうなったか」

足を速めて進むと、「あっ」と佐平が顎を上げた。

「行灯、掛かってますね」

あの折、落ちて壊れた行灯ではなく、新しく作られた物が窓格子に掛けられている。障子紙には〈たけや〉と書かれている。格子は壊れた木だけが新しい物に代えられていた。

「ほう、掛け行灯は作り直したのだな」

登一郎は入り口に棒を立てかけて、縄暖簾をくぐった。

「らっしゃいまし」

主が振り返る。と、あれ、と小首をかしげ、ああっ、と声を上げた。

「お侍さん、あのときの……」

走って寄って来る。

「おう」と笑顔になった登一郎に、主は深々と腰を折った。

「その節はありがとうございやした。おかげさんで……」

「なに、同じ武士として、武家の非道を見て見ぬ振りはできぬからな」

主は横の佐平にも気づいて指さした。

「あ、役人だ、と叫んでくだすったお人ですね」

「ああ、あたしは腕が立たないんでね、使えるのは口だけ、ときたもんだ」

佐平が笑う。

主は首をすくめて腰を深く折った。それを制するように登一郎は手を上げた。

「あ、いや、恩を売りに来たわけではない。飯を食べようと寄ったまでだ。なにかあるか」

「へい、うちは飯にも腕を振るってますんで、どうぞ」

言いながら顔を巡らせる。右側の小上がりには畳が敷かれているが、客でいっぱいだ。左には緋毛氈《ひもうせん》の掛かった大きな床几台《しょうぎだい》が二台あり、一台は空《あ》いている。主は顔を歪めて左右を見た。

「ああ、あいにく、今は……」

「ああ、床几でかまわん」

登一郎が上がり込むと、佐平も続いた。

「すいません」首を縮めた主が、それを伸ばして台所を見た。

「今日は鯵《あじ》のいいのが入ってやすし、しじみもでかいのが、それと、青菜とひじきと……」

「うむ、適当に見繕ってくれ」

「へい」台所へ駆けて行った主は、すぐに小鉢を持って戻って来た。

「卯《う》の花です、とりあえずこれを」

「おう、うまそうだ」登一郎は受け取りながら、店の中を見た。

「あのとき、中からも大きな音がしていたが、中も壊されたのか」

「ああ、いえ、皿だの丼だの、膳だのが割られましたけど、それくらいで……」

「ふうむ、それでもいい迷惑だ」

「まったくだ」佐平もつぶやく。

「瀬戸物は高いですからね」

はい、と頷く主を、登一郎は覗き込んだ。

「そもそも、なにゆえにあのような諍いが起きたのだ」

はあ、と主は小上がりを振り返る。

「最初、二人組が小上がりに上がってたんでさ。そこに三人組がおいでなすって、床几台に案内したら、小上がりがよいと仰《おお》せになって、まあ、そこでお二方《ふたかた》に少し、詰めていただいたんでさ。そのときに、少しいやな顔をされて……あっしは、なにごともなきゃいいなと思ったたんですけど……」

「案の定、ということか」

「へい、どちらもぐいぐい酒を飲まれて、酔いが深まったせいもあったんでしょうが、身体を揺らしてて、そのうち、背中がぶつかったのなんの、無礼だなんのが始まっちまって……」

「ふうむ、つまらんことで」

登一郎のつぶやきに、主は顔をしかめた。

「ほんとに……だいたいあんな威張るほどの御大家の家臣なら、こんなしけた店なんざ来ないで、料理茶屋にでも行ってくれりゃあいいのに」

吐き出す言葉に、登一郎は苦笑をかみ殺した。まあ、しかたないか、と思う。仕える家は大大名でも、その下級の家臣は大した禄《ろく》は受けていない。しかし、それゆえなのか、そういう者ほど見栄を張り威張りたがるものだ……。

「とんだ災難であったな。しかし、よくもすぐに直したものだ」

「へえ、近所のお人らがすぐに手伝ってくれやした。贔屓《ひいき》にしてくだすっているお客には、大工もおりやすんで」

「ほう、そうか。役人にはみな話したのだな」

「へい、双方の御家名もちゃんと伝えやした」

「うむ、泣き寝入りすることはない」

はい、と主は頷きつつ、台所を振り向いた。湯気の立つ盆が出されている。

「お待ちどおさまで」

湯気は二人の前に運ばれた。

鰺の煮付けから、香ばしい醬油の匂いが立ち上る。

「こりゃいいや」

佐平が箸を取った。

味噌汁の湯気を顔に受けて、登一郎も目元が弛む。

「うむ、旨い」

「ええ、このがんもと青菜の煮浸しもいい味です」

二人の手と口が動き続ける。

主は忙しそうに横を行き来する。と、それが止まった。

店の中が静かになる。

縄暖簾を上げて、黒羽織の同心が入って来たのだ。

「おう、主」

「あ、今、お席を……」

「いや」同心は立ち止まった。

「今日はお呼び出しを伝えに来たのだ。明日、昼前に大番屋《おおばんや》に参れ」

そう言うと、同心はくるりと背中を向けて出て行った。

登一郎はその背を見送る。

大番屋は町奉行所の出先だ。町には町人が管理する自身番屋があるが、そこでは大したことは行われない。科人《とがにん》が捕まって自身番屋に連れて行かれても、吟味《ぎんみ》を受けるのはそこから大番屋に移されてからだ。町奉行所からの呼び出しや叱りも、大番屋で行われることになっている。

首をかしげる主に、登一郎は声をかけた。

「なんだというのだ」

「さあ」主はさらに首をひねる。

「わかりやせん」

しかめた顔で、台所へと戻って行った。

第二章　不審の者

一

大工道具の箱を抱えて、登一郎は、「お縁さん」と、声を投げかけた。

「はい」すぐに戸が開き、道具箱を見たお縁が頭を下げる。

「すみません、なにかと」

「いや、今日は中の襖を直したいのだが、かまわぬか。裏の戸は木材が揃っておらぬので、後日やることにしたい」

登一郎の言葉に、

「ええ、どうぞ」

お縁は中へと招き入れた。

座敷に上がると、幸丸の笑い声が聞こえてきた。

喜代がでんでん太鼓であやしている。

「おう、ごきげんだな」

登一郎の声がけに、喜代は微笑んだ。

「こちらはおもちゃがたくさんあって、助かります」

ふふふ、とお縁が笑う。

「いろんな子が来ますからね、おもちゃもいろいろと増えてしまったんですよ」

お縁も向かい合って、子をあやす。

登一郎は襖へと向かった。

木枠を手で確かめると、ふむ、と道具箱を開けた。

金槌を使い始めると、赤子の泣き声が立った。

「おおっと」慌てて手を止めてそちらに行く。

「驚いたか、すまんな」

喜代は幸丸を抱き上げると、首を振る。

「いいえ、お気になさらずにお続けください」

「ええ」お縁も頷く。

「子供はすぐに馴れますから。さて、あたしは洗濯に……」

立ち上がると、お縁は洗濯物を抱えて出て行った。

登一郎は再び修繕に戻り、手を動かし始める。

幸丸の泣き声はすぐにやんで、静かになった。

しばらく金槌を振るって、登一郎はその手を下ろした。お縁さんが戻るのを待つか、と独りごちながら、喜代と幸丸を見た。

いつの間にか、幸丸は寝息を立てていた。

覗き込んだ登一郎は、思わず目を細めた。

「屈託《くったく》のない顔で寝ている」

「はい」喜代はかすかに眉を寄せた。

「赤子というのは無垢《むく》なものと、しみじみ思います」

うむ、と登一郎は向かいに胡座をかいた。改めて喜代の顔を見る。色が白く、黒目がちの眼がよく映える。美貌ゆえの災難か……。登一郎はふっと息を吐いた。

「真、子には罪がないというに……」

そのつぶやきに、喜代の顔が歪んだ。

「はい……なのに、このように逃げ隠れせねばならぬとは……」

「うむ、悪いのは男だ、身勝手さに腹が立つわ」

登一郎が腿を叩くと、喜代が顔が上げた。その眼が潤《うる》み、はらはらと涙がこぼれ落ちた。

お、と登一郎は狼狽《うろた》え、

「や、その……」

と、口ごもった。ううむ、なんと言えばよいか……。

「わたくしは……」喜代は肩を震わせる。

「このようなことを望んでいたわけではありません。されど、奥女中の皆様から、ふしだらとか、色目を使ったなどと言われ……」

「む、そのようなことを言われたのか」

登一郎はかつて出仕していた城を思い起こした。大奥では将軍の寵愛《ちょうあい》を巡っての争いはもちろん、出世を競ってのいじめや嫌がらせがはびこっていると聞いたことがあった。大名屋敷でも同じ、ということか……。

喜代はしゃくり上げる。

「わたくしは、普通に生きたかったのです。立派な御武家でなくともいい、父上のような剣術師範でも、手習いのお師匠さまでもいい、穏やかな殿御《とのご》と夫婦《めおと》になって、子を育てる暮らしがしたかったのに……」

涙を拭う襦袢《じゅばん》の袖口が、濡れそぼっているのが見て取れた。

登一郎は腹の底が熱くなるのを感じ、拳を握った。身分を笠に着て好き放題するなぞ、良心というものがないのか……。

「ほんとうは」喜代が顔を上げる。

「女中奉公に上がるのも気が進まなかったのです」

「む、そうであったのか」

「はい……なれど、女中を求められた、という兄の顔を立てねばならず、母もたいそう喜んだもので……」

「断ることができなかったのだな」

登一郎の抑えた声音に、はい、と喜代は頷いた。

「この先、どうすればよいのか……いっそ、この子とあの世へ行ったほうがよいのではと……」

「いいや」登一郎は声を張った。

「それはならん。それを早まる、というのだ。早まれば取り返しがつかん。生きてさえいれば、道は見つかるものだ」

「道が……」喜代が赤い眼を動かす。「そうでしょうか、わたくしの進みたかった道は、もう閉ざされてしまいましたのに……」

ううむ、と登一郎は喜代を見据える。

「しかし、あきらめてはいかん」

声を張り上げて、ぱんと脚を打つ。

その音で、幸丸が目を覚ました。ふにゃ、と泣き声を上げるのを見て、喜代は慌てて抱き上げる。

「おお、よしよし」

「おお、すまなかった」

登一郎も声音を変えた。

「あらあら」勝手口からお縁が入って来た。

「おむつなら、ついでに洗いますよ」

「いや」登一郎が苦笑する。

「わたしが起こしてしまったのだ」

言いながら立ち上がると、お縁を襖に手招きをした。

「ちょうどよい、相談したかったのだ、この枠を鋲で留めてもよいだろうか」

コの形をした小さな鋲を手にして、襖の横枠と縦枠に当てる。

「ちと、見栄えは悪くなるが」

「ああ、かまいません、それで繋がるなら」お縁はそれを見上げた。

「小さな鋲……子は鋲なんて言うけれど、そんなのは嘘ですね」

独り言のように言うと、お縁はぺこりと頭を下げた。

「鋲でも釘でも、おまかせしますので」

頷くお縁に、登一郎は別の襖を差す。

「ふむ、それとこちらのほうも……」

木枠を揺らしながら、登一郎は説明を続けた。


翌朝。

掃き掃除をしていた登一郎がその手を止めた。

「なっと、なっとー」

という声とともに、久松《ひさまつ》が近づいて来る。

「おはよう」

登一郎が手を伸ばすと、

「へい、毎度」

と、久松は刻み納豆を包んだ経木《きょうぎ》を差し出した。

それを受け取りながら「どうだ」と登一郎は声を落とす。

「近頃、読売《よみうり》のほうは」

久松は横丁の新吉《しんきち》と読売を作って売っている。

「へい、最近は芝居のネタで出してまさぁ」

「そうか、先月、芝居小屋は柿落《こけらお》としをしたのだったな」

もとは日本橋《にほんばし》からもほど近い町にあった芝居小屋だったが、去年の冬、市村座《いちむらざ》と中《なか》村座《むらざ》が火事で焼け落ちた。奢侈禁止令《しゃしきんしれい》に力を入れていた老中首座の水野忠邦《みずのただくに》は、それを機に芝居小屋を廃止しようと動いた。火事には遭わなかった森田座《もりたざ》も含めて、江戸《えど》三座《さんざ》を潰してしまおうとしたのだ。

しかし、それに反対したのが北町奉行の遠山金四郎だった。金四郎は部屋住みの頃に町暮らしをしていたせいで、町人の心情に寄り添っていた。芝居小屋に囃子方《はやしかた》として出入りをしていた時期もあった。それゆえ、芝居がどれほど町人から愛されているか知っている。そこで、町人から楽しみを奪えば、支配しにくくなる、と上手な言い回しで異を唱え、芝居小屋の存続を確約させたのだ。

公儀はその代わりに場所を移せと命じ、芝居小屋は町の中心から外れた浅草《あさくさ》に土地を与えられた。猿若町《さるわかちょう》と名付けられたその町で芝居小屋が完成し、九月に幕が開けられていた。

「いやもう」久松は笑顔になる。

「芝居小屋は連日、大入りで、待ちに待っていた連中が押し寄せてまさ」

「ほう」登一郎は浅草の方角へ目を向けた。

「それは賑やかであろうな」

「へい、久しぶりに役者の顔が拝めたってんで、みんな、大喜びでさ」

公儀は、人気だった役者絵も、無駄な贅沢として禁止していた。生身の役者に対しても、外を歩くときには顔を見せないように笠を被れ、と命じたほどだった。

「ふむ、遠山殿も身体を張った甲斐があるというものだ」

老中の指図に異を唱えれば、睨《にら》まれ、出世の道を閉ざされる恐れがある。ために、多くの役人は唯々諾々《いいだくだく》と命令に従うだけだ。しかし、そうしたなかで物申す者が出れば、それは城中でも噂になり、たちまちに町中にも知れ渡った。

「ええ、それでさ」久松が手を振り上げる。

「それもこれも遠山様のおかげだってんで、芝居小屋の連中だけじゃなく、見に来る客らもみぃんな、褒《ほ》めそやしてますぜ」

「うむ、そうか」登一郎もうれしくなる。

「なれば、当分、読売は安泰だな」

芝居の話ならば、公儀から取り締まられることもない。

「へい、まあ、ちと退屈っちゃ退屈ですけどね。ま、またそのうちなんか起きるかもしんねえし」

久松は肩をすくめて笑うと、歩き出した。

それを見送って、登一郎は家に入った。

「佐平、納豆だ」

刻み納豆を台所の佐平に持って行く。

「はい、こりゃどうも」

受け取りながら、佐平は土間から見上げる。

「今日はなんの修繕をなさるんで」

「まだ襖が残っている。せっかくだから、全部、直してやろうと思ってな。まあ、襖は今日中に終わるだろうから、明日はまた明神下に行こうと思うのだ」

「ああ、長い木材が出てるかもしれませんね。はい、お供しますよ」

「うむ、頼む」頷きながら、登一郎は鼻を動かした。

「なにか焦げ臭いぞ」

えっ、と佐平は竈《かまど》を見た。

「いけねえ、魚だ」

慌てて、鍋へと飛びついた。

二

明神下の普請場に入ると、お、と登一郎は足を速めた。

表に末吉と棟梁、そして施主の善七の姿がある。

「おはようございます」

近づいて覗き込むと、三人が囲んでいるのは作りかけの戸だった。

「これは、どこの戸ですか」

全部に格子がはめ込まれている。表戸の多くは下が腰板で上が障子だ。

「表戸ですよ」しゃがんだ末吉が見上げる。

「全体を格子で組むなんざ、粋でしょ」

「ええ」善七が頷く。

「いい風情でしょう。明るくなりますし」

「さいで」棟梁が胸を張った。

「ただ、雨に弱くなるんで、その分、庇《ひさし》を大きく張り出して造るつもりでさ」

「ほほう、それはよい考えだ」

頷く登一郎に、善七は微笑む。

「あたしは明るい家にしたいんですよ。うちはお店の奥が家になっていて、あんまり日差しが差し込まないもんで」

「ああ」棟梁が顎を撫でる。

「大きな家ってのは、どうしても奥のほうが暗くなっちまうもんでさ。ま、この家の大きさならどの部屋も明るくできますぜ」

うんうん、と善七は目を細める。

登一郎は家から庭を見回した。

「この造りであれば、枝折戸《しおりど》が合うであろうな。その庭の入り口などにつければ、しっくりこよう」

枝折戸は木の枝や竹で組んだ、小さく簡素な戸だ。

「枝折戸」善七が庭を見る。「そうか、そりゃいい。末吉さん、作っておくれな」

「へい、やりましょ。けど、材はなににすっかな」

腕を組む末吉を登一郎は見た。

「うちでは白竹《しらたけ》を使っているぞ。日を経ても黒ずまないのがよい」

「へえ、そりゃ」善七が手を打つ。

「よござんすね、末吉さん、白竹でお願いしますよ。あとは……」

善七が登一郎を見上げる。

「真木様、ほかにもなにかいいお考えがありますか、御武家様のお屋敷ではどのような工夫をしておいでで……」

「うむ、飛び石はどうであろう。道から表戸まで、こう石を置いて……」

手でその道筋を示すと、

「なるほど、飛び石、やりましょう」善七は両手を打った。

「こりゃ、庭師に頼まなけりゃならないね」

「おう」棟梁が頷く。

「伝えておきやしょう」

そんなやりとりを聞きながら、登一郎は顔を巡らせた。庭の向こうに、人影が立っているのに気づいたからだ。黒羽織の同心だ。

登一郎はそっと棟梁に声をかけた。

「町奉行所の同心がまた来ているな。前にも見かけたが」

「ああ」と棟梁は目を向けずに頷いた。

「しょっちゅう、覗きに来るんでさ」

「おう」末吉も小さく振り向く。

「よく見かけまさ、うっとうしい」

善七も眉を寄せた。

「なにも悪いことをしているわけじゃないってのに」

「おうとも」棟梁は声を張り上げた。

「なにも玄関を造ろうってんじゃねえんだ。こちとら、やましいことなんざしてねえぜ」

ふむ、と登一郎は表の出入り口を見た。普通の戸口だ。

家の造りには格式がある。普通の出入り口は下が土間で、そこから家に上がる。一番端の横木が上がり框で、その先が板間なり座敷になる。

玄関はそれとは造りが違う。上がり框の手前に一段低い板間がある。式台《しきだい》と呼ばれるものだ。そこに駕籠《かご》をつければ、地面を踏まずに乗り降りができる仕組みだ。

戸口より格上である玄関を造ることができるのは、身分が限られている。幕臣でも身分が下である御家人《ごけにん》は玄関を造ることができない。玄関を設《しつら》えることができるのは、将軍への御目見得が許されている旗本以上だ。町人であれば、名主《なぬし》と庄屋《しょうや》にしか造ることは許されていない。

ふむ、と登一郎は目顔で頷いた。それを弁《わきま》えているのなら、支障はなかろう……。

目を向けると、同心はいつの間にか、姿を消していた。

「おっと、そうだった」棟梁が手を打つ。

「長い木材でしたね、出やしたぜ」

端へと歩き出す。

集められた端材の中に、長い棒があった。

「お、これこれ」

佐平がそれを手に取る。

棟梁は手を伸ばし、

「この辺りの板もいいやつだ」

何枚かを取り上げる。

「そんなら、そいつももらっていきます」

佐平は懐から縄を取り出して、縛り出す。

「それほど使うかどうか」

つぶやく登一郎に、「なあに」とささやき返す。

「余ったら、うちで棚でも作りましょう」

それを聞いた棟梁が笑い出した。

「抜かりがないね、いいよ、持ってきな」

登一郎は苦笑して小さく頭を下げた。

横丁に西日が差し込んできた。

家の前で、登一郎はもらって来た棒に鋸を当てる。

「ここでよいな」

そう問うと、棒を押さえた佐平が頷く。

「はい、ちゃんと寸法を測りましたから、大丈夫ですよ」

うむ、と鋸を挽き始める。

一本が終わって二本目を切っていると、佐平が「おや」と顔を上げた。

「お客さんですよ」

その声に手を止めて振り向く。

「よう」

立っていたのは遠山金四郎だった。後ろに清兵衛もいる。二人とも手に酒徳利と経木の包みを提げていた。

「大工仕事か」

金四郎の言葉に、登一郎は頷く。

「うむ、すぐに終わるのでお入りくだされ」

開いた戸口に二人が入ると、登一郎は急いで木を切り終えた。

片付けを佐平にまかせて、登一郎は座敷に駆け込んだ。

「いや、お待たせした、すまぬ」

なあに、と清兵衛は膳を並べる。

「台所から勝手に運んだぞ」

並べた皿に、経木を開いて精進《しょうじん》揚《あ》げを盛っていく。

「勝手知ったる、とはこのことだ」金四郎は笑いながら、登一郎を見た。

「大工仕事とは、元気なことだ」

「いや、真似事だ。遠山殿も忙しいであろうに、顔色がよい」

「いや、最近は肩も首も凝って難儀なことよ。ま、それゆえ、こうして息抜きに来たのだ。毎度ですまぬな」

「とんでもない、うれしい限りだ」

三人は三角に向き合った。

ぐい呑みに注いだ酒を、一斉に呷《あお》る。

「ううむ、旨い」

金四郎の唸りに、二人も頷いた。

「北町奉行所はますます忙しいのであろう」

清兵衛が口を開いた。清兵衛は金四郎が町暮らしをしていた頃からのつきあいであるため、遠慮がない。金四郎は二人よりも三つ年上だが、清兵衛は気易《きやす》く口を利《き》く。

「南町の鳥居耀蔵を避けて、北町が月番のときに訴えが集まると聞いたが」

「ふむ」登一郎は口を尖らせる。

「それはいかにもありそうなことだな。誰も鳥居耀蔵から吟味を受けたいとは思わぬだろうからな」

「ああ」清兵衛が頷く。

「あんな性根のねじ曲がったやつに、筋の通った沙汰など下せるわけはない。誰だってそう思うだろうよ」

「うむ、関わるのも避けたいところだな」

二人のやりとりに、金四郎が笑い出した。

「いや、今、胸のつかえがひとつおりた」

身を揺らして笑う金四郎を、登一郎は見る。ふむ、つかえも溜まるであろうな……。

南町奉行の鳥居耀蔵と北町奉行の遠山金四郎は相役《あいやく》だ。その立場では、あからさまな批判は言いにくいはずだ。

金四郎は笑いを収めて、酒を口に運ぶ。

「次から次へと、公事《くじ》が持ち込まれる。小さな訴えから、大きな揉め事まで、捌《さば》くだけでも役人らはてんてこ舞いだ」

持ち込まれた公事は取り上げるかどうかを、内容を吟味して決めなければならない。

訴状を読むだけでも、ひと仕事になる。

「うむ、それは首も肩も凝ろう」登一郎は言いながら、顔を上げた。

「そういえば、細川家と伊達家の家臣が町で諍いを起こしたというのは、聞かれたか」

「お、なんと、知っていたか」金四郎が目を見開いた。

「町の居酒屋で諍いになったらしく、店の物まで壊したらしい。通りがかりの侍が仲裁に入って事なきを得たようだがな」

「あ、その侍というのは……」

登一郎は己を指で差した。

えっと、金四郎が顔を反らす。清兵衛も目を丸くした。

「なんと、そうだったか」金四郎は笑い出す。

「いや、なれば話そう。その日のうちに、それぞれの屋敷から使いの者が飛んで来たそうだ。普段からつきあいのある与力のところに、重い菓子折を持ってな」

大名家は、なにかあったときのために、町奉行所の役人に普段から付け届けをしている。

「大大名家だから、わたしにも話が伝わってきてな、まあ、怪我人も出なかったという話だったから、与力にまかせたのだ。双方の屋敷の使いも、狼藉《ろうぜき》を働いた者らは謹慎処分とした、と言うていたのでな」

「ほう、謹慎か、まあ、当然ではあるが」

「うむ、当分、外には出られまい。あとは、迷惑を被った店には賠償を忘れるな、と命じておいた」

「ほう、そうであったか」

「おう、あとでその居酒屋の主を大番屋に呼び出して、損害の高《たか》を聞き出したということだ。重い菓子折からその分を払った、というわけだ」

「ああ」登一郎は、膝を打った。

「お呼び出しはそのことだったのか。いや、わたしもその後、気になって店に行ったのだ。したら、ちょうど役人が呼び出しを告げに来てな。気になっていた」

「お、そうだったか。心配はいらん。賠償には迷惑料も上乗せしておいた、という話だ」

「ほう」清兵衛は目を細める。

「気が利く配下だな」

「うむ」登一郎が頷く。

「まあ、役人というのはわかりやすいものだ。上が悪ければ下も悪くなる、上が良ければ下も良くなるのだ」

「なるほどな」

頷き合う二人に、金四郎は少し照れたように面持ちを弛めた。

「いや、来てよかった。今日の酒はことさら旨い」

赤くなった顔で、ぐいと酒を呷った。

登一郎と清兵衛もそれに続いた。

三

ふうっと、湯船に浸《つ》かって、登一郎は息を吐いた。吐いた息には、昨夜の酒の匂いが残っていた。二日酔いの頭を振って、登一郎は肩まで湯に沈めた。

湯屋の中は、湯気が立ちこめ、声や物音が反響している。

「おう、行って来たのか、芝居小屋」

近くから聞こえてくる声に、登一郎は耳を傾けた。

「おうとも、見て来たぜ、八代目市川團十郎《いちかわだんじゅうろう》。女どもはきゃいきゃい言ってたけど、まあ、確かにいい男っぷりだぜ」

「そうだってな、おれぁ親子共演を見たかったのによ、ちくしょうめ」

四人の男の影が湯気の中で揺れている。

「おう、海老蔵《えびぞう》がいりゃあ、どんだけ盛り上がったか知れねえ」

「そうとも、おれは七代目の時代に、ずいぶんと通ったぜ」

七代目の市川團十郎は、この六月、贅沢ぶりが奢侈禁止令に反するとして、江戸を追放されていた。

それ以前に、七代目は息子に八代目を継がせていた。若い八代目團十郎は、その美貌で人気を博している。

息子に跡を継がせると、七代目團十郎は五代目海老蔵と名を変え、親子で共演も行っていた。もとより七代目は荒事《あらごと》で絶大な人気を得、さらに歌舞伎十八番を作り上げるなどして、その名のとおりの立役者だった。

「あぁあ、勧進帳《かんじんちょう》を見るのを楽しみにしてたのによ」

勧進帳は、北へ逃げる弁慶《べんけい》と義経《よしつね》が、安宅《あたか》の関を越える話だ。能では〈安宅〉という題目で知られ、武家のあいだで人気の演目だ。それを、七代目團十郎が〈勧進帳〉として歌舞伎の演目に作り替え、力強い弁慶を七代目、美貌の義経を八代目が務め、絶大な人気を博していた。

「おう、おれは見損なってたから、今度こそと思ってたのによ、ちくしょう、それを、あの妖怪のやつが」

「おうさ、鳥居耀蔵が町奉行になんぞならなけりゃ、七代目と八代目が並んだ弁慶義経の艶姿《あですがた》が、また見られたんだ」

鳥居甲斐守《かいのかみ》耀蔵は忠耀《ただてる》と名を変えたが、誰もそう呼ばない。耀蔵の〈よう〉と甲斐守の〈かい〉を合わせて妖怪と呼ばれており、それはすっかり浸透している。

「ありゃあ、見せしめにちげえねえ」

「おうよ、それと腹いせだろうよ」

「遠山様の進言で芝居小屋を残すことになったから、代わりに海老蔵を追放したってことか」

「そうよ、老中首座が芝居嫌いだから、それに取り入っている鳥居が、海老蔵を潰して顔を立てたんだろうよ」

「お、うめえな、駄洒落《だじゃれ》、取り入る鳥居か」

男達が笑い出す。

「けどよ」笑いが溜息に変わった。

「もう海老蔵の芝居は見られないのかねえ」

「そうだな、江戸に戻って来るこたぁねえのかな」

「下総《しもうさ》に行ったってのはほんとかい」

「おう、成田山《なりたさん》に身を寄せてるってぇ話だぜ」

成田山新勝寺《しんしょうじ》は市川家が代々信仰してきた寺だ。

「その気になりゃ、一日で戻れる場所だな」

「けど、老中首座と鳥居の妖怪野郎が力を振るってるうちは無理だろうな」

ちえっ、と舌打ちが交わされ、湯の音が鳴った。男達が湯船から上がって行く。

登一郎は大きく息を吐き出した。酒の匂いが薄まったような気がして、ゆっくりと湯から上がった。

湯屋から出ると、風を受けながら、歩き出した。と、そうだ、と足の向きを変えた。

道を曲がって進むと、あの居酒屋が見えてきた。作り直した窓格子も掛け行灯も、きれいなままだ。

近づいて、おや、と足を止めた。

入り口に掛けられている縄暖簾が新しくなっている。以前は汚れて暗い茶色にくすんでいたのに、目の前の縄暖簾は明るくきれいな茶色だ。

ほほう、上乗せ金で取り替えたのだな……。見ていると、中から音が聞こえてきた。

鑿《のみ》や金槌の音だ。

縄暖簾の隙間から覗くと、大工が仕事をしているのが見えた。

前に床几台が置かれていた場所に、小上がりを造っているのがわかる。反対の小上がりには客がおり、主は忙しそうに盆を手にして、台所と行き来している。その顔は笑顔だ。

ふむ、なればよかった……。登一郎も目元を弛めて、そっと店を離れた。


お縁の家の裏の戸を外し、登一郎は自分の家の前に運んで来た。家の裏では狭くて、大工仕事ができないからだ。

「はいな」佐平が襷掛けをして出て来る。

「手伝いましょう」

「おう、頼む。まず外枠を外すぞ」

登一郎は道具を取り替えながら、取り外していく。

「こりゃ、手間が掛かりますね」佐平が戸を押さえながら言う。

「ゆっくりやったほうがいいですよ。慌てると怪我しちまう」

「そうだな」登一郎は手を止める。

「まあ、さほど急がずとも、次に窓格子を直せば終わりだ」

「へえ、さいですか」

佐平は横目でお縁の家を見た。登一郎は喜代の事情を話していないし、佐平もあえて訊いてこない。登一郎は、その顔にふっと、微笑んだ。詮索をしない、という横丁の掟にすっかり馴染んでいるな……。

さあて、と登一郎はまた手を動かす。外枠の一本が外れた。そこに、切った木材を当て、寸法を確かめる。

「うむ、大丈夫だ」

うつむく登一郎に、佐平が「おや」と手を上げた。

「お客ですよ、お縁さんのところの……」

ん、と登一郎は振り向く。横丁に入って来たのは、風呂敷包みを抱えた母親の富美だった。

富美は会釈をしながら、こちらに寄って来る。

む、と登一郎は目を眇《すが》めた。

横丁の入り口に人影が見える。横目で見つめると、それは二人の武士であることがわかった。立ち止まって、こちらを窺っている。

「やあ、これは」登一郎は声を張り上げた。

「富美殿、出来上がりましたか」

は、と富美は訝しげな顔になる。

「待ってましたぞ、さあ、お入りください」

大声のまま、登一郎は開けたままにしていた自分の家の戸口へ、富美を招いた。

「あ、あの」

戸惑う富美に目配せをして、登一郎は富美の背に手を当てて押した。

「中へ」

耳にささやくと、富美は狼狽えたまま従った。

佐平も続いて入ると、その戸を閉めた。

「あの、真木様……」

首をかしげる富美に、登一郎はささやく。

「しっ。なにも言わずに……」そして、声を張り上げた。

「おう、よい仕立てだ。やはり富美殿は腕がいい」

窓に人影が近づいたのが見て取れた。

登一郎は口を開く。

「寒くなってきたゆえ、もう袷《あわせ》でないとな……」

人影は一人だ。

「うむ、襟元もしっかりとしている。これなら申し分ない。富美殿、この腕を見込んでほかの客に引き合わせたいのだが……」

登一郎は富美にささやく。

「外に出る。荷物は預かるゆえ、富美殿は手ぶらで。反対側から横丁を出るから、なにも言わずに一緒に……」

富美は事態が飲み込めないまま、眼を揺らして頷く。

「では、今から参ろう」

登一郎の大きな声で、窓の人影が動いた。離れたのがわかる。

登一郎は戸を開けると、富美とともに外に出た。

人影は背中を見せて、元いた横丁の入り口へと歩いて行く。

横目でその姿を見た登一郎は、痩せぎす、小柄……と、胸中でつぶやいた。

登一郎は富美を先導して、反対側へと歩き出す。

と、その足が止まりそうになった。

お縁の家から赤子の泣き声が響いてきたのだ。

まずい、と思わず振り向きそうになるが、それをぐっととどめた。富美も足を止めそうになっている。

「振り向かずに、そのまま前に」

登一郎は富美にささやくと、歩き続けた。

反対から横丁を出る。

曲がる際に、登一郎は横目を向けた。

くっと、息を呑む。

二人の武士が、お縁の家の前に立っていた。

しまった、家を知られた……。そう歯がみしながら窺う。

先ほどの小柄な男の横に立つのは、上背《うわぜい》のある武士だ。小柄と背高、大小の二人組だな……。

そっと窺っていると、物売りが横丁に入って行った。二人はそれに気づくと、頷き合いながら家の前を離れて、横丁を出て行った。

登一郎は大きく息を吐き、口を曲げた。まずいな……。

「あの、なにが……」

見上げる富美に、登一郎は面持ちを弛めて声を低めた。

「富美殿は尾《つ》けられていたようです。おそらく家を出るところから、そっとあとを追って来たはず……武士二人であった」

「えっ」富美は顔を強張《こわば》らせる。

「そんな……わたくし、気づきませんでした」

「うむ、隠密役かもしれん。気づかないのは当然、富美殿のせいではない」

「ああ」と富美はうつむいた。

「それゆえに、仕立て物を届けに来た、という嘘を……」

「ああ、咄嗟《とっさ》にな……しかし、探索をするような武士だ、あのような小芝居は見抜いたやもしれん」

登一郎は苦笑して、ゆっくりと歩き出す。

「このまま両国《りょうごく》に参ろう。そこで人混みに紛れて、しばし水茶屋で休まれるがよい。そして、来た道はけっして通らずに戻りなされ」

黙って頷きながら、見上げる富美に、登一郎は前を見たままつぶやく。

「あの二人は大名家の者であろう。なにかありましたか」

「いえ……」富美は首を振り、それを途中で止めた。

「あ、そういえば、幸之助が一昨日からなにやら不機嫌になって……」

ふうむ、と登一郎は眉間《みけん》を狭める。

「いずれにしても、富美殿は二度と来てはならぬ。幸之助殿も同様、今日のこと、伝えなされ」

「は、はい」

両国の広小路《ひろこうじ》に入って行く。

「家はどちらか」

登一郎の問いに、富美は北西を向く。

「下谷町《したやちょう》です。常在寺《じょうざいじ》の横で……」

「ふむ、では、近いうちに訪ねることにいたそう、幸之助殿から話を聞けよう」

はい、と頷く富美を水茶屋へと誘う。向きを変えて、登一郎は顔を巡らせた。

「うむ、尾けられてはいないな」

緋毛氈の敷かれた長床几に腰を下ろすと、登一郎は茶と団子を注文した。

茶を含みながら、登一郎は隣の富美にささやく。

「あの荷物はわたしから渡しておく。なに、心配なされるな。家の修繕もまもなく終わる」

「は、はい」

茶碗を持つ手が震える富美に、登一郎は胸を叩いて見せた。

「それにわたしはこう見えて腕が立つのだ。歳の割にはな」

向けた笑顔に、富美もやっと強張っていた頬を弛ませた。

四

佐平が手を伸ばして、修繕の終わった戸を持つ。富美と別れて戻ってから、登一郎は急いで戸の直しに当たっていた。

「やあ、気張られましたね」

「うむ、ちと風向きが変わったからな」

二人で戸を運んで、お縁の家の勝手口に立った。戸をはめ込むと、よし、と登一郎は鼻から息を吐き出した。

「次は窓だ」

登一郎は袖をまくり直しながら、窓へと向かった。

隣の家の窓と少しずれて向かい合っている。家同士のあいだは狭く、登一郎は腕がぶつからないように、気を遣いながら、緩んだ格子を外していく。

手を動かしながら、家の中に耳を澄ませた。しんとして、なにも聞こえてこない。

登一郎は先ほどの喜代の顔を思い出した。

富美から預かった荷物を渡し、あとを尾けて来た武士のことを話した。

〈母上も兄上も、もうここへは来ないように言ったのだ〉

そう話すと、喜代は伏せがちだった顔をうつむけ、そのまま上げなかった。

その姿が甦り、登一郎は、ふう、と息を吐いた。

お縁の家は静かなままだ。が、背後の隣の家の窓から男達の声が聞こえてきた。

隣は代書屋の百谷落山《ももやらくざん》の家だ。手紙や離縁状などを代筆するのが主な仕事だ。が、密かに裏の代筆もしている。旅をする者にとって必要な往来手形の偽造だ。

「へい、往来手形をお願いしたいんで」

男の抑えた声が聞こえてくる。

江戸に暮らす者は、寺が管理する人別《にんべつ》帳《ちょう》に名や住まい、仕事などを届け出て記名することを決められている。そこに記載されていない者は無宿人《むしゅくにん》という扱いになる。

その無宿人が、江戸では増え続けていた。

地方に暮らす百姓は、土地を離れることを禁じられている。離農を防ぐためだ。なんらかの用事があって土地を離れる際には、地元の役人の許しが必要とされている。しかし、その許しは簡単には得られない。ために、密かに土地を離れ、江戸に来る者が多かった。そして、無宿人となっていた。

無宿人は届けを出していないため、手形を出してもらうことができない。江戸を離れたいと思っても、往来手形を持っていなければ、関所《せきしょ》を越えることができない。ゆえに、無宿人はこっそりと手形の偽造を頼みにやって来るのだ。

登一郎は窓格子を外しながら、聞こえてくる声を耳に受けていた。

「いや、実はもう江戸に戻るつもりはないんでさ」

男のダミ声に、もう一人が高い声で続ける。

「へい、奢侈禁止令なんてもんが出てからこっち、寄席《よせ》が潰されちまって、こちとらおまんま食い上げで……」

「そうそう、なもんで、上方《かみがた》に移ろうと思ってんでさ」

「ふうん」落山の声だ。

「上方か、いいんじゃないかね。わしもいたことがあるが、大坂《おおさか》や堺《さかい》は人も多いし、仕事も多い。で、仕事はなにをやってたんだね、寄席といってもいろいろあるだろう。落とし噺《ばなし》か軽業《かるわざ》か、それとも皿回しかい」

「や、あっしらは手妻《てづま》師（手品師）なんでさ」

江戸の町では寄席に多くの手妻師が上がり、芸を見せていた。大きな小屋ではほうぼうから水を出してみせる水芸《みずげい》なども行われていたが、小さな小屋では手先を使った手妻などがもっぱらだった。

「ほほう、手妻かね」落山の声が弛む。

「わしも見たことがある、不思議で面白いもんだ」

「へい」ダミ声が大きくなる。

「なんたって、大変な修練を積みやすから」

「おう」高い声も響く。

「師匠に殴られ蹴られしながら、必死で覚えたもんでさ」

「ふんふん、それはよいな。では、手形には手妻師と書いて、上方に修業に行くと記そう」

落山の声に、ダミ声が問う。

「はあ、そんなことを書くんですかい」

「ふむ、それを読めば関所の役人は、では手妻を見せてみろ、ときっと言う。そこで披露すれば、役人は喜ぶだろう。なにしろ、関所なんぞ、楽しみのない所なんだから。それに仕事に嘘がないということがわかる。では通れ、ってことになるのは間違いなかろう」

「おっ、そうか」高い声に笑いが混じる。

「そいつはいいや。なんでもやりますぜ」

「まあ、ほどほどにな。ご機嫌取りがあからさまだと、疑われるかもしれん。さて、と住まいは浅草にしておこう、寄席が多かったからな」

落山が筆を滑らせているのだろう、しんとなった。

「さあ、できた」

しずかだった二人が、一斉に声を上げた。

「ああ、こりゃすげえ」

「おう、本物だ」

ははは、と落山の笑いが洩れる。

「あとはちゃんと覚えて、つっかえることなく言えるようにしておくことだ」

「へい」

二人の声が揃い、銅銭《どうせん》の音が聞こえてきた。払いが終わった男らが立ち、家を出る気配が伝わってくる。

登一郎は「そうだ」と、表に飛び出した。

出て来た二人の手妻師の前に立つ。

驚く二人に、

「ああ、この横丁の者だ、心配は要らぬ」

登一郎は手を上げる。

中から落山が出て来ると、

「ああ、先生でしたか」

二人に向かって、大丈夫だ、と目顔で頷いて見せた。登一郎は、二人を見た。

「すまん、聞こえてしまったのだ、手妻師なのだな」

「へい」

頷く二人に、一歩寄る。

「では、なにか手妻を見せてもらえまいか」

「へ……ここで、ですかい」

「うむ、無理か」

「ああ」高い声が返す。

「玉ならできる……」

「おう、なればちと待ってくれ」

登一郎はお縁の家の戸を開けた。

「お縁さん、喜代殿、外へ来なされ」

はい、という声とともに、二人は出て来た。

登一郎は手妻師を見た。

「さ、見せてやってくれ」

「へえ」高い声がさらに声を高める。

「さあ、これをご覧あれ」

卵半分ほどの赤い玉を右手で持つ。指で回すと、掌でぎゅっと包んだ。

その手を大きく回し、

「さあ、これは天竺《てんじく》から来た不思議玉、消えたり出たりの不思議玉でございい」

そう言って掌をぱっと開いた。玉がない。

「まあ」お縁が目を丸くすると、喜代も「え」と首を伸ばした。

「さあ、こっちを見やれ」

男が左手を開いた。と、掌に赤い玉が載っていた。

「あらまあ」

お縁の驚きに、

「まあ、どうして」

喜代も、声を上げる。

「そらよ」と男は玉を放り投げた。それを右手で受け、握りしめる。その手を振って、両の掌を開くと、玉は消えていた。

「あら、すごい」

お縁の弾む声に、喜代も手を合わせた。

「なんてことでしょう」

女二人は顔を見合わせて笑い合う。

登一郎は喜代の横顔を見た。初めて笑ったな……。

「いや、さすがだ」登一郎は手妻師に手を上げた。

「今、礼を取って来るゆえ……」

そう言って歩き出そうとすると、高い声がそれを止めた。

「いりませんよ、礼なんざ。こっちも久しぶりに喜んでもらえて、甲斐があったってもんで」

「おう」ダミ声の男も笑顔になっていた。

「いいはなむけでさ」

二人は頷き合って横丁を出て行く。

女二人はにこやかに話しながら、家へと入って行く。

「先生」お縁が振り向いた。

「ありがとうございました」

喜代も笑顔で会釈をする。

「なぁに」

登一郎はまた窓へと戻って行った。

五

翌日。

窓格子の修繕を続けていた登一郎は、その手を止めた。

「ごめんください」と、表から男の声が聞こえてきたためだ。

誰だ……。覗きに行くと、二十七、八の男が小さな娘の手を握って立っていた。

「はい」とお縁が戸を開ける。

「あら、吉六《きちろく》さん、それにおたえちゃん」

お縁は腰をかがめて女の子の頭を撫でる。

「大きくなったわね、四つになったんだわね」

「うん、よっつ」おたえが指を四本立てて、笑う。

お縁もそれに微笑むが、あ、と笑みを収めて顔を上げた。その困ったような面持ちに、吉六も顔を強張らせた。

「え……もしかしてだめですかい。また預かってもらおうと思ったんですけど」

ええ、とお縁は眉間を狭める。

「ごめんなさいね、今、赤ちゃんとお母さんがいて……」

えぇぇ、と吉六は天を仰いだ。

「五日……」その足で半歩、寄る。

「いや、四日でもいいんで」

「あの」お縁が家へと招き入れる。

「とりあえず中へ」

へい、と親子は入って行った。

登一郎は窓に戻って、耳を澄ませた。

入ってすぐの座敷から、声が聞こえてくる。

「急にすいやせん、けど、成田に行く用事ができたもんで」

「成田山のお参りですか」

「いや、そんなんじゃねえんで、実はあっちで店をやろうと思ってるんでさ」

「店……今と同じ飯屋ですか」

「ええ、葺屋町《ふきやちょう》は芝居小屋が移っちまったせいですっかり人がいなくなっちまって……もともと小屋のお人らがお客だったもんで、閑古鳥《かんこどり》が鳴いてる始末でして」

「ああ、芝居茶屋もいろいろなお店も、ずいぶんと浅草に移ったそうですものね」

「へい、新しい店を開く力のあるお人らは、みぃんな行っちまって……あっしみてえに、そんな金がないもんは、あきらめて残ったんでさ。けど、このまんまじゃやっていけねえから、考えたんで。いっそ、江戸を出ちまおうって」

「まあ、それで成田に」

「へえ、あっちは安く店を借りられるってんで、見に行きたいんでさ」

「そういうこと……」

つぶやくお縁に、吉六が声を高める。

「おたえは前にも預かってもらったのを覚えてて、お縁さんのうちならいいって言ってるし、ほかに当てがないんで……なんなら三日で戻って来やす」

「おたえちゃん……」お縁の声がやさしくなる。

「偉かったわね、泣きもせず、いい子でいたものね……いえ、だからおたえちゃんのせいじゃないんですよ」

「そんなら……」

家の中から音が鳴った。襖が開く音だ。

「お縁さん」

喜代の声が足音とともに聞こえてきた。登一郎は、思わず窓を開けて中を覗き込んだ。

「わたくしはかまいませんよ」

喜代が、二人のほうへ近寄って行く。お縁らと向き合って、正座すると、

「すみません、聞こえてしまったもので。おたえちゃんっていうのね」

喜代の声がやさしくなった。

「かわいらしいこと……お縁さん、わたくしどもにはお気遣いなく、預かって差し上げてください」

「まあ、いいんですか」

「ええ、ご事情がおありなのでしょう」

やわらかな喜代の声に、

「すいやせん」吉六が頭を下げた。

「うちは一昨年、女房が病で寝込んで、まあ死んじまったんですけど、そんときにおたえを預かってもらったんでさ。今はなにしろ、二人きりなもんで……」

「まあ、そうでしたか。なれば、ますますお縁さん、どうぞお預かりを」

喜代の言葉に、お縁が「ええ」と返した。

「わかりました、そうおっしゃっていただけるなら、お預かりしましょう」

「ありがてえ」吉六が手を合わせる。

「助かりやす」

「どうぞ、お手を……」喜代の声だ。

「三日といわず、急がずに行って来てください。ね、お縁さん」

「ええ、喜代様がそう言ってくださるなら、あたしはかまいません。どうぞ、ごゆっくり」

「ありがとうござんす」

吉六の声が明るくなった。

登一郎は首を引っ込めて窓を閉めると、ふむ、と口中で独りごちた。喜代殿は気が紛《まぎ》れるかもしれんな、修繕は程なく終わるし、危険はあるまい……。

手にした金槌で、登一郎は格子に釘を打ち付けた。

家の土間で道具を片付けながら、登一郎はお縁の家から聞こえる笑い声を聞いていた。おたえの声に喜代の声も混じっている。

「先生」開いたままの戸口からお縁が顔を覗かせた。

「お邪魔を」

そう言って入って来たお縁の手には、深鉢があった。

「高野《こうや》豆腐を煮たのでおすそわけに」

「おう、これは」登一郎は立って温かな器を受け取る。

「先日の炒り豆腐も旨かった。お縁さんの出汁《だし》はとりわけ旨い」

「まあ、ならばよかった」

微笑むお縁の肩越しに、登一郎は笑い声の漏れる家を見た。

「おたえちゃんと言ったか、なんとも楽しそうだな」

「ええ、朗《ほが》らかな子なんです。おっかさんを亡くしたってのに、吉六さんがたいそうかわいがっているおかげでしょう。それに喜代様も世話をしてくださって、すぐになついてしまいました」

「ほう……まあ、それもお縁さんがいてこそであろう。預かる子らは、皆、お縁さんにすぐに馴染んでいるようだしな」

「ええ、まあ」お縁は歪んだ微笑みを浮かべる。

「あたしも三人、子を育てたので……途中までですけど」

「ほう、そうであったか」

登一郎は目をそっと逸《そ》らした。横丁では昔を問わない、というのが決まりだから、これまで聞いたことはなかった。が、なるほど、子は鎹なんて嘘、と言うていたな……。

「おたえちゃんのおっかさんは……」お縁は顔を振り向けた。

「病で寝付いてほどなく亡くなってしまったんですよ。寝付いてから初七日まで、うちで預かっていたんで、おたえちゃんは馴染んでいるんです。その後も、ときどき預かってましたし」

「そうか、それであの父親も頼ってきたのだな」

「ええ、吉六さんにはすぐに後添いの話も来たようですけど、おたえが不憫《ふびん》だからって、断ってきたみたいで。世間では継子《ままこ》いじめの話なんぞをよく聞きますからねえ」

ううむ、と登一郎は、垂れ目がちの吉六の顔を思い浮かべた。

「情の深そうな男であったな」

「ええ、よいお人ですよ。あたしも後添いの話を持ちかけたんですけど、まだいいって、首を振って」

「ほう、お縁さんはそのような話も取り持つのか」

「うちでは片親を亡くした子を預かることが多いですから、そうした親御さん同士を引き合わせることもあるんです。それであたしはお縁、と呼ばれるようになったんです」

「なんと、そうであったか」

「ええ」お縁が顔を歪める。

「本当の名はふくっていったんですけど、福なんて名ばかり……あたしもお縁が気に入ったんです」

「ほう……」

続くうまい言葉を探すが、見つからない。登一郎は頷いた。

「うむ、おふくさんよりもお縁さんのほうが似合っている。わたしもそう思うぞ」

まぁ、とお縁の顔がやっと笑顔になった。

「ありがとうございます」

お縁は頭を下げると、「では」と背中を向けた。と、その顔を振り向けた。

「次は切り干し大根を持って来ますね」

そう言って、出て行った。

六

夕暮れの道を登一郎は進む。

上野《うえの》広小路から右に曲がって、下谷町の細い道に入る。延びる寺院の塀に沿って、反対側に町家が並ぶ。その一軒で登一郎は足を止めた。

ここだな……。表戸の障子に辻井、と書かれている。町家ではそうして名を書く家が多い。登一郎は辺りを見回し、人《ひと》けのないことを確かめて、

「ごめん」

と、声をかけた。

中から人の動く気配が立って、すぐに戸が開いた。富美だった。

「どうぞ」

招き入れられた登一郎に、幸之助がかしこまった。

「わざわざのお越し、かたじけのうございます」

「なに」

と、登一郎は富美の招きに応じて上がり込む。

奥の座敷に通されると、幸之助が口を開いた。

「母から聞きました。尾けて来たという武士は、御家中のお人らに間違いないと思います。実は……」

幸之助は声をひそめた。

「家督を継がれた若殿様なのですが、春に御正室様が男児をお産みになられたのです。初めての御子で」

「ほう、跡継ぎということだな」

「はい、御家中、たいそうなお喜びでした。ですが、その御子はお身体が弱いらしく、奥医師がしょっちゅう上屋敷に通われているようです。で、先日もお加減が悪くなられたようで……奥医師は夜通しつききりで看病したそうです」

「ほう、重い病を得たということか」

「詳しくはわかりません。なにしろ、わたしは用人といっても、中屋敷で使い走りをするだけの下働きなので」

「ふむ、そうなのか」

「はい、それはもとより聞かされていたので、不足はないのですが」

「ううむ、しかし浪人とはいえ武士、それを使い走りとは」

「国許《くにもと》から来られた方々は、江戸のようすがわからぬゆえ、と言われました。そこにもう一つ、わけもあったのです。仕官の折、姉妹のことを訊かれたので、妹がいると話したのです。したら、仕官ののちに妹を奥女中に出せと言われたのです。わたしのほかにも用人として雇われた者がいるのですが、やはり勧められて姉を奥女中にしたそうです」

「なるほど、男手は家臣がいるゆえ足りているが、女中は足らぬ、ということか。女《おなご》を国許から連れて来るのは難儀だしな」

「はい、なので、江戸の女を、と。口入れ屋も使っているようですが、用人の身内であれば間違いない、ということのようです」

「ふむ、その考えはわからないでもないが。それで喜代殿が屋敷に上がったということか」

「はい」富美が頷いた。

「わたくしもよい話だと思いましたので。そもそも、幸之助の仕官話も、うちの旦那様が教えていたお弟子さんから持ち込まれたものでしたし、運が向いてきたと思ったのです」

「ほう、さようであったか」

「はい」幸之助が首肯《しゅこう》する。

「わたしは剣術指南などできる腕ではないので、父が仕官先はないかとお弟子さん方に声をかけてくださったのです。それで、用人話が来まして」

「ふむ、浪人にとってはよい話だ。大名家の奥女中も、よい縁談に繋がるもの。富美殿が後押しされたのはもっともだ」

眉間を狭めてうつむく富美と幸之助に、登一郎は穏やかに言う。

「喜代殿のことは、相手が悪いのだ。そなたらのせいではない」

二人は歪んだ顔のまま、互いを見た。

「いや」登一郎は声音を変える。

「して、そのお世継ぎのことだ。まさか、はかなく……」

「いえ、それは……ご存命です。ですが、この先がわからない、と奥医師は言っているそうなのです。元服まで生きられるかどうか、と」

眉を寄せる幸之助に、登一郎は腕を組んだ。

「まあ、赤子が育ちきれぬのはよくあること。されど、御正室はまだ若いのであろう」

「それが……お若くはあられるのですが、お身体が弱いらしく……以前に、子が流れたことがあるそうで、この先、御子を望めるかどうかわからぬと奥医師は言っているそうなのです」

ふむ、と登一郎は宙を見た。と、あっとつぶやいて腕をほどいた。

「よもや、それで幸丸を……」

はい、と幸之助は拳を握った。

「喜代の産んだ幸丸は紛れもなく、大名家のお血筋を引く御子。もしも、殿にこの先男子が生まれなければ、大事な男子となります。幸丸は御公儀に届け出もしていないので、この際、となったようで……」

「殿の御子と入れ替えてしまおう、ということか。殺そうとしていたのに、掌を返したということだな。なんとも身勝手な」

顔を歪める登一郎に、「はい」と幸之助が頷く。

「さすがに妹の話なので、御家臣のお一人がわたしにそっと話してくださったのです。お子に障りがないように大切にしろ、と」

「ううむ、して、行方に関しては追及されておらぬのか」

「どこにいると訊かれましたが、親戚の家なので勝手に明かすことはできません、と、ごまかしています。怪訝な顔はされましたが」

「ふむ、納得しているのか、疑っているのか……しかし、話がそうも変わったのであれば、考えようだな、殺されぬのであれば、引き渡すという道もあろう」

「はい、ですが、屋敷に引き取られたとしても、この先次第で、どのような扱いになるかわかりません。殿が側室を置いて、そこに男子が生まれれば、また厄介者扱いになりかねません。都合次第でどうなるか知れないと思うと、お屋敷に渡すのはためらわれるのです」

「確かに、渡したが最後、守ることはできなくなるな。喜代殿も今さら手放すことは望まぬであろう」

「ええ」富美が両手を合わせた。

「わたくしも母ですからようわかります。長い月日、お腹を撫でて、産んでからは、乳を飲ませて育てた我が子です。それをどのような道が待ち受けているか知れぬ家になぞ、渡したいと思う母はありません」

「ふむ、もっともなことだ」登一郎は膝を打った。

「事情はよくわかった。都合次第で一人の命を左右するなど、勝手にもほどがある。母子を横丁に連れて来たのは、よい判断でしたな」

「はあ、あのときは慌てて……ですが、この先はどこかの寺にでも預けたほうがよいでしょうか」

幸之助の問いに、登一郎は首を振る。

「寺の僧侶は武器を使えぬ。子を奪いに乗り込まれでもしたら、太刀打ちできぬのは目に見えている。横丁のほうが安全だ」

登一郎が胸を叩いた。

「わたしも付いておる」

富美が「はい」と頷いた。

「頼りと思うております」母は息子を見た。

「真木様は咄嗟のお芝居も打てるお方、お寺よりも心強いお味方ですよ」

幸之助は話を聞いていたらしく、目顔で頷いた。

「あの」幸之助は懐から封書を取り出した。

「今の話を書状に認《したた》めました。喜代にお渡しいただけないでしょうか。事の次第、わかっていたほうがよいと思うので」

「うむ、承知した」

登一郎は受け取ると、懐にしまった。

「お縁さんの家は補強して、もうすぐ修繕も終わる。横丁で預かっておれば心配は無用、じっくりと身の振り方を考えるがよかろう」

「はい」富美は手を握りしめた。

「いっそ、どこかの宿場町にでも逃げてしまおうかと、考えてもおります。喜代の懐妊がわかったときから、そう思っていたのです」

「水茶屋でもやろうと、仰せでしたね」

幸之助が苦笑する。

登一郎も面持ちを弛めて立ち上がった。

「また参る。喜代殿と幸丸のことは心配なさるな」

登一郎はそう言うと、立ち上がった。

見送りに土間に下りた二人に笑みを向けると、「では」と外へと出た。

閉まる戸に背を向けた登一郎は、目を横に向けた。人影が路地へと消えていったのだ。

近所の者か……。見て取れたのは男であることだけだった。登一郎はそうつぶやいて歩き出した。

暗くなり始めた道で、登一郎は足を速めた。ぼやぼやしていると、夜の闇が広がってしまう。

広小路を抜けて神田に入った所で、登一郎はやっと足運びを戻した。と、それをさらに遅くした。

ちらりと顔を振り向ける。

一人の武士が後ろにいる。足運びを緩めたのに、追い越して行かない。

再び足を速めると、その武士も速くなった。

これは……。登一郎は眼を動かす。付いて来ている男の姿が見えた。肩の怒った男だな、横丁に来た二人とは違う……。

登一郎は胸中で舌を打った。ぬかったな、家をどこからか見張っていたのかもしれん……。

道には仕事を終えた男や、湯屋に急ぐ男らが行き交っている。

そんな表の道から、登一郎は脇道へと逸れた。

背後の気配はやはり付いて来る。

まずいな、と登一郎は独りごちた。このまま横丁まで付いて来られては、富美殿の二の舞になってしまう……。

辻の小さな稲荷《いなり》の前で、登一郎は立ち止まった。

相手も立ち止まる。

登一郎はくるりと踵を返して、男と向き合った。

男は身構えた。怒り肩にさらに力が入って、厳《いか》つい姿になる。その顔もまた厳つい。

睨んでくる眼を見据えて、登一郎は一歩、踏み出した。

「わたしを尾けて来たか」

男は黙ったまま、半歩、下がった。

登一郎は仁王立ちになって見据える。

「逃げる気か、そなた、どこの家中の者か」

男に迫るように、また半歩、近寄る登一郎に、男は「ふん」と鼻を鳴らした。

「言わぬ。そこもとこそ、あの家でなにをしていた」

「名乗りもせぬ者に言う必要はない」

ふむ、やはり、と思う。辻井の家を見張っていたか……。

「御家名を伏せるとは」にやりと登一郎は笑う。

「知られてはまずいことでもおありかな」

男はむっと眉を吊り上げた。

「無礼者め、どこの者とも知れぬ馬の骨が名を問うなどおこがましいわ」

男が柄に手をかける。登一郎もすぐに手を伸ばし、鯉口を切った。

その音に、男は刀を抜いて、足を踏み出した。

振りかざす刀に、登一郎も刀を構えた。

宙を切る男の白刃を、登一郎は横に飛んで躱《かわ》す。

その場で地面を踏みしめると、登一郎は刀を回した。峰で相手の脛《すね》に打ち込む。鈍い音とともに、男の膝が崩れた。

くっと、男は踏みとどまり、刀を構え直す。

じりり、と男は右に、登一郎は左に足を運ぶ。

はあっと、息を吐いて、男が踏み込んだ。

振り下ろされる刀を、登一郎が受ける。

宙で重なった刀を、登一郎は「えいっ」と弾き飛ばした。

その勢いで、相手の肩を打った。

男の身体が傾き、手から刀が落ちた。

その隙を突いて、登一郎はもう片方の脛も打つ。

両膝が崩れるのを見て、登一郎は後ろに下がった。
「すまぬな、だが、付け馬を土産にするわけにはいかぬのでな」
背を向けると、登一郎は駆け足で裏道を抜けた。
表の道へ戻ると、人混みの中へと走り込む。
よし、追って来ないな……。振り向いて、登一郎は、ほっとひと息吐いた。
空に光り始めた星を見上げながら、横丁へと急いだ。

第三章　追っ手返し

一

登一郎は金槌を振るう。表戸の横の窓格子を直していた。横の窓はすでに直し終わっていた。

「これは先生」落山が寄って来た。

「精が出ますな」

「ああ、引き続きやかましくてすまぬ」登一郎は苦笑した。

「この窓はやるつもりがなかったのだが、なに、ものはついで、と思うてな」

先日の不審者が気になっていた。

「ええ、ええ」落山が頷く。

「頑丈にしておくにこしたことはありません。前に、乱暴な男が母子を追って怒鳴り込んできて、戸を破ったことがありましたからな」

「ほう、そのようなことが」

「ええ、幼い子を連れて逃げ込んで来た母御が、お縁さんに匿《かくま》ってもらったんですよ。なんでも亭主が殴る蹴るをする男だったそうで。けど、ここを突き止めた男が、棒を振り回して連れ戻しに来たんですわ」

「ううむ、そのような男、逃げられて当然であろうに。して、まさか、連れ戻されたわけでは……」

「ああ、防ぎましたよ。横丁のみんなで仕置きをしてやりました。ちいと、厳しくね」

「ほう、それは頼もしい」

「ええ、わしもその場で離縁状を代筆してやりました。有無を言わさずに名を書かせて決着、という次第で」

ほほう、と登一郎は笑顔になった。

「それはよい。横丁の力は槍百本に値する」

「いや、それほどでは」

落山も笑う。と、真顔になって、向かいの登一郎の家を見た。開けっぱなしの戸から土間が見え、積まれた端材も見えている。

「ところで先生、木の切れっ端で捨てるような小さいのはありませんかな」

おう、と登一郎は家へと歩き出す。

「ありますぞ、たくさん。さ、どうぞ」

付いて来た落山とともに、土間に入って、腰をかがめた。

「切った残りがこんなに……ああ、そういえば」

登一郎は顔を上げた。

落山は以前、切れっ端で白木《しらき》の位牌《いはい》を作ったことがあった。江戸を離れる女に、亭主が死んだことにすればいいと、偽《にせ》の位牌を作ったのだ。適当な戒名《かいみょう》を達筆で書き、梵字《ぼんじ》まで記していたのを思い出す。

「位牌ならこの小さい板でも使えますな。どうぞ、お持ちくだされ」

「おう」落山が板を手に取る。

「いつも末吉さんにもらっているのだが、この端材の山が見えたものでな、いや、これはいい木だ」

落山は板や棒を選んでいく。

「落山殿は」登一郎も手伝いながら、顔を見た。

「梵字も書けるのだから、大したものだ」

どこで覚えたのかと、と問いたい思いを呑み込む。

落山はそれを読み取ったように、ふっと笑った。

「わしは昔、しばらくお山にこもっておった時があってのう、その頃に学んだんですわ」

「お山……なるほど、そういえば上方におられたと話しておられましたな。西の山には大きな寺が多い、と聞いたことがある」

登一郎の言葉に、落山は「ふふ」と笑う。

不思議なお人だ……。登一郎も小さく笑う。

落山は端材を両手に、目を細めた。

「こんなにもらってもよろしいのか、すまんな」

「いや、もとより分けてもらった物、礼は末吉さんに……」

末吉の顔を思い浮かべながら、登一郎は、あ、と目を見開いた。

「そうだ」

手を打つ登一郎に、落山は首をかしげる。

「どうなすった」

「いや、いいことを思いついた。木はお好きなだけお持ちを」

そう言うと、外へ飛び出した。

神田明神下の普請場に、登一郎は入って行った。

表戸の前に立つ末吉に、寄って行く。と、その手前で、家を見回した。

「ずいぶんと出来上がってきたな」

そのつぶやきに「おや」と末吉が振り向いた。

「こりゃ、先生でしたか、へい、もうすぐ普請も終わりでさ」

「ふむ、立派なものだ」

格子の戸を見渡す登一郎に、

「そうでしょ、善七さんも大喜びでさ」末吉は誇らしげに頷く。と首をかしげた。

「おや、今日は佐平さんはお連れじゃないんで」

「ああ、急いで来たのだ。いや、思いついたことがあってな、ちと、邪魔をしてよいか」

「へい、なんでしょ」

末吉が家の前を離れると、登一郎もそれに並びながら、横顔を見た。

「そら、末吉さんの家に隠し部屋があるであろう」

横丁の端にある末吉の家はほかの家よりも広い。その中には、板壁にしか見えない隠し戸がついた部屋がある。以前、追われた町人をそこに匿った折に、登一郎も見ていた。

へい、と頷く末吉に、登一郎は声を低める。

「ああいうのをお縁さんの家にも造ったらどうかと思ってな、相談に来たのだ」

「ははぁ、なるほど」末吉は腕を組んで、顔を右左にと傾ける。

「そうですねえ、あたしもお縁さんの家の中に入ったことはあるけど、あっこはそんなに広くねえですからねえ、隠し部屋って言ってもなあ」

「難しいか」

登一郎も内部を思い出しながら、口を曲げる。

「ああ、そうだ」末吉の顔がまっすぐに戻った。

「奥の部屋に押し入れがあるでしょ、あっこの下を使えばなんとかなっかもしれねえ。部屋ってほどの立派なものはできないだろうけど、隠れ場所、っていうほどのもんなら造れるでしょう」

末吉は木の枝を拾って、地面に線を引き始める。

「そら、この押し入れのこっち側、床板をのけて、下をちいと掘り下げて……」

ほうほう、と登一郎はその線を目で追う。

「なるほど」

「へい、まあ、やってみなけりゃ、上手くいくかどうかわかりませんけど」

「ふむ、それはやってみるしかない、ということだ」

「はあ、そうとも言えますが」

末吉が積んである端材を見た。

「使えそうな板がありそうだな」

「では、もらっていってもよいか」

「いやいや、御武家さまが板を抱えて歩くのは見栄えがよくねえや。あたしが届けますよ、どのみちまだ出るだろうから」

「ふむ、すまないな」

「なあに、横丁は相身互《あいみたが》い、でさ」

胸を叩く末吉は、お、と顔を巡らせた。

「善七さんだ」

家主の善七が、笑顔で入って来た。

目を細めて、家を見渡している。

「さあ、みんな」手にしていた包みを掲げる。

「菓子を買ってきたから、休んでおくれ」

へい、と大工らが集まっていく。

登一郎も寄って行くと、家を目で示した。

「よい家になりそうだ、窓も表戸も粋でよい」

「はい」善七が満面の笑みを向ける。

「出来上がるのが楽しみで楽しみで。じっとしておれないもんで、こうして来てしまうんですよ」

「ふむ、隠居後に楽しみがあるというのはよいことだ」

「はい、あ、そうだ、真木様に教えていただいた枝折戸もできてるんですよ」

庭の入り口に、白竹を組んだ枝折戸が立てかけてある。

「おかげさまで、いい風情になります」

にこやかに頷く善七に、

「旦那様」小僧が寄って来た。

「お茶、持って来ました」

大きなやかんを抱えている。

「おう、ご苦労さん、みなさんに入れて差し上げておくれ」

へい、と茶碗を並べると、大工らは菓子を手にくつろぎ出す。

登一郎はその場をそっと離れた。

普請場を出る登一郎は、ふっと目を横に向けた。

以前、見かけた同心の姿があった。

おや、と目を眇める。同心の横に与力も立っているのがわかった。

二人はなにやら話しながら、家から離れて行った。

登一郎は普請場を振り返る。誰も気づいていないらしい。大工らに囲まれた善七の笑い声が、高らかに響いていた。

二

「そういうことなら」

そう言って、お縁は押し入れの襖を開けた。

中には柳行李《やなぎごうり》が二つ入っている。

佐平が手を伸ばし、

「出してもいいですかい」

と見上げる。

「ええ、大したものは入っていないので軽いですよ」

頷くお縁に、佐平は行李を引っ張り出した。

現れた床板に手を掛け持ち上げると、その下に土が見えた。

「ここを掘り下げればいいんですね」

「うむ、できそうか」

覗き込む登一郎に、佐平は「はい」と床板を次々に外していく。

「よいか、掘っても」

尋ねる登一郎にお縁は「はい」と力強く頷く。

「以前、預かっていた子を連れ戻しに来たお姑《しゅうとめ》さんがいたんです。母親が離縁状を突きつけられたもので、うちに子を連れて来て……仕事を探すからって男の子を置いて行ったんですけど、すぐにお姑さんが乗り込んで来て、子は返せと。あたしはおっかさんから預かったんだから渡せない、と突っぱねたんです」

「ほう、子だけを取って嫁は追い出す、という話は、よく聞くな。武家にもよくあることだ」

「はい、町でも珍しくはありません。けど、こっちはそんな内輪揉めに口を挟むことなんざできやしません。あたしは子を預かるだけのこと。なもので、戸を閉めて、心張《しんば》り棒《ぼう》をかけたんです。そしたら、戸を叩いて騒ぎ続けて……」

「ふうむ、子が怖がるであろうに」

「ええ、怯《おび》えてしまって。なのであたし、子を抱いて勝手口からそっと逃げ出したんですよ。したら、なんとまあ……」

お縁は歪めた顔を左右に振る。

「裏にお舅《しゅうと》さんが待ち構えていて、子を取られてしまったんです」

「むう、なんと強引な」

「はい、あたしはもう、申し訳なくて、母親に泣いて謝りましたよ」

「無体なことを」

「ええ、子はあたしに手を伸ばして助けを求めていたんです、その顔が忘れられなくて」

「不憫なことだ。して、子はどうなったのだ」

「母御は怒りましてね、子を取り戻すというので、口利き屋の利八《りはち》さんに引き合わせたんです」

お縁の家の隣の代書屋のまた隣が利八の家だ。

「利八さんは相手の家に乗り込んで話をしてくれたんですけど、なんとしても子は返さない、と……」

「ううむ、孫かわいさか、しかし身勝手な」

「ええ、なので、公事《くじ》にしようということになって、公事師の高柳《たかやなぎ》様に話を持ち込んだんです」

利八の家の隣、横丁の入り口が公事師の高柳角之進《かくのしん》の家だ。

「ほう、訴え出たのか。お取り上げいただけたか」

「はい。高柳様が調べたところ、子の父親がどうして離縁状を書いたかわかったんです。岡場所の遊女に入れあげて、身請けして女房にすると約束したそうなんですよ。けど、遊女じゃ子は産めないかもしれない、とお舅さんらは考えたみたいで、なんとしても孫は手放したくない、と」

「なるほど、どこまでも身勝手な話だ」

「ほんとに……それを聞いて、町奉行所のお役人も呆れていた、と高柳様は言ってました。吟味で夫が日頃から手を上げていたこともわかったので、子は母親に渡せ、養育のための金も出せ、とお沙汰が下されたんです」

「ほう、そうか、なればよかった」

「ええ」お縁は押し入れの中を覗き込む。

「けれどあれ以来、またあんなことがあったらと気が落ち着かなくて……こうして、身を隠せる場所ができるのは心強いことです」

押し入れから佐平が首を突き出す。

「出た土はどうしますか」

「ああ、今、桶を持って来ます」お縁が言う。

「植木鉢に使いたいので」

はい、と佐平が首を戻し、お縁は勝手口へ行く。

登一郎は顔を巡らせ、後ろの部屋を見た。開けられた襖の向こうに、喜代がおり、その横におたえと寝かされた幸丸がいて、笑い声が上がっている。

近づいて行くと、おたえがおもちゃを幸丸の顔の前で振っているのがわかった。

顔を上げ、微笑み顔で会釈をする喜代に応え、

「おたえちゃんはすっかり馴染んでいるな」

登一郎も微笑みを返す。

「はい、幸丸の相手をしてくれてます。幸丸もよく笑うようになって」

喜代は目を細めて子らを見た。

おたえが振り向いて、登一郎を見上げた。

「こうたん、かわいいのよ、笑うと目が細うくなって」

「ほう、そうか、赤ん坊が好きなのだな」

「うん、好き。きよたまも好き」

きよたま……喜代殿のことか……。登一郎も目元を弛めて、三人を見た。

「おたえちゃんは」お縁が後ろから近づいて来る。

「喜代様になついて、夜は三人並んで寝てるんですよ」

ふふふ、と笑うお縁に、喜代は肩をすくめる。

「おかげで寂しくありません」

「ほう」登一郎は、手を伸ばしておたえの頭を撫でた。

「よかったな、この家に来て。おたえちゃんも寂しくなかろう」

「うん」

おたえは満面の笑みで頷いた。

夕刻の戸口に、「先生」という末吉の声が響いた。

「板、持って来やしたぜ」

おう、と登一郎は戸を開ける。

数枚の板を抱えた末吉が、土間にそれを置いた。

「使えそうなのが揃いましたから、これでなんとかなるでしょう」

「おう、かたじけない。今日から掘り始めたのだ」

「そうですか、お縁さんは嫌がりませんでしたか」

「うむ、むしろ心強いと言うていた」

「へえ、そりゃよかった。あ、この板を使う際には……」

話していると、戸口に人影が立った。

隣の錠前屋《じょうまえや》の作次《さくじ》だ。

「ちょいといいかい」伸ばした首で覗き込む。

「木がいっぺえ集まってるみてえだけど」

「うむ」登一郎が頷く。

「末吉さんに端材を分けてもらっているのだ」

へえ、と作次は土間に入って来る。

「いいな、余ったら、少し分けてもらえねえかな」

切れ端に手を伸ばす。

「おう、よいぞ」登一郎は長い木材を差し出す。

「これなぞはもう使わん。作次さんもどこか直したいところがあるのか」

「へえ、金《かね》を打つときの台がすぐにだめになっちまうんで」

錠前作りではトンカンと金を打つ音を響かせている。

「なんだ」末吉が胸を張った。

「そんなら、いつでも言いなよ、うちにだって木はあるんだから。横丁で遠慮はしっこなしだぜ」

「いや」作次は口ごもる。

「遠慮ってわけじゃなく、言うのが面倒なだけで」

作次は普段から、人と無駄話をしない。

登一郎は小さく笑って、木切れを手に取った。

「これは堅くてよいぞ。あとはこちらの仕事が終わったら、好きに持って行ってくれてかまわん」

「そうかい」作次は、目尻を下げた。

「そいじゃ、当てにしとくわ」

そう言うと、踵を返して戻って行った。

末吉は目で笑う。

「ぶっきらぼうだけど、根はいい男なんでさ。隣の好《よしみ》で、よろしく頼みますよ」

「おう」登一郎も目顔を返す。

「わかっておる。作次さんは手は器用だが、言葉が不器用。なに、職人はそれでよいのだ」

二人は頷き合って、笑った。

三

お縁の家の押し入れの穴の中から、佐平が物差しを手にして顔を上げた。

「縦は半間《はんげん》（九〇センチ）ちょっとですね」

「ふむ、そうか、では少し大きめに板を切ろう」

登一郎が頷く。と、その顔を表に向けた。男の声がする。

首を伸ばして見ると、入って来たのは吉六だった。

「おっとう」

おたえの声と足音が響く。

登一郎は身体をずらして、座敷が見える場に移った。以前よりも陽に焼けた吉六の顔が見える。成田から帰って来たのだな……。

座敷に上がった吉六は、向き合ったお縁に包みを差し出した。

「どうも、お世話になりやした。ゆんべ、戻りました。つまんねえもんですが成田の土産でさ」

「まあ、ご丁寧に」

「あの、それとこっちは……このあいだの御武家の母御に……」

「あら」お縁が顔を振り向ける。

「喜代様、お土産をちょうだいしましたよ」

はい、と喜代が幸丸を抱いて、表の座敷へと出て行く。

おたえが走り寄り、座った喜代の膝に顔を埋めた。

「これ」吉六が手を上げる。

「そんなことを……」

「いいんですよ」喜代が微笑んだ。

「おたえちゃんとはすっかり仲良しになりましたから。うちの子の相手もしてくれて助かっているんです」

「そう」おたえが笑って、父を見る。

「こうたんとは仲良しだもん。きよたまはおっかあと同じ匂いがするんだよ」

「おっかあって……」吉六は苦笑を見せる。

「おまえ、覚えてるのかい」

ああ、とお縁が笑みを浮かべた。

「幼子は匂いを覚えているものですよ。女も歳を重ねると匂いが変わりますけど、若いうちは同じ甘い匂いがしますから。子にとっては母は命綱ですから、匂いは鼻に刻まれるんでしょう」

「はあ、そういうもんで」吉六は言いながら、ああ、と包みを喜代に差し出した。

「これは落雁《らくがん》で。あっちで食ったら軽くて、口ん中ですぐに溶けたもんで、お湯で溶かしゃあ赤ん坊にも大丈夫だろうと思いやして」

「まあ」喜代は包みを手に取った。

「わたくしにまでいただけるとは……」

「いやあ、あんときの……お口添えでおたえを預かってもらえたわけですから、お礼としちゃお粗末なくらいで……」

言いながら、吉六は喜代の髪をちらりと見る。

その顔に浮かんだとまどいが、登一郎に見て取れた。そうか、と登一郎も改めて喜代の頭に目を向けた。

喜代は髪を高島田《たかしまだ》に結い上げている。元結いを高めに置く武家の娘の結い方だ。縛った髷《まげ》は、輪にして後ろに流すのが島田髷で、町娘は低めの元結いで結い上げている。

登一郎はお縁の髪を見た。その髷は島田髷とは異なり、元結いの上で丸く広げた丸《まる》髷《まげ》だ。武家でも町人でも、嫁した女はこの丸髷に変える。

吉六の目は喜代の島田髷を見て、抱いた赤子を見る。

それはそうか、と登一郎は思った。娘の髪型であるのに赤子がいるため、なんと呼べばいいのか、迷っているのだな……。

お縁もそれを察したらしく、吉六に話を振った。

「で、成田はどうだったんです」

「へい」吉六は笑顔になった。

「いい店が見つかったんでさ。新勝寺の参道の途中にあって、店賃《たなちん》も安かったんで、話を決めてきやした」

「まあ、そりゃようござんしたねえ」

お縁の言葉に、「それにね」と吉六は膝を叩いた。

「なんと、市川海老蔵に会えたんでさ」

「海老蔵」喜代が身を乗り出した。

「七代目團十郎ですか」

「そうでさ。なんと、気さくに話しまでしてくれて、いやぁ、うれしくて踊りそうになっちまいましたよ」

「まあ、真に……お話しまでしたのですか」

身を乗り出す喜代に、吉六は歯を見せる。

「へい、あ……もしかして芝居、お好きですかい」

「はい」喜代の声が高くなる。

「母もお芝居が好きで、七代目の舞台は何度も見に行ったんですよ」

「お、そうですかい、いやぁ、あっしも芝居が大好きで、なもんで、芝居小屋の近くで飯屋を始めたってえくらいで……」

登一郎は立ち上がると、表の座敷へと足を向けた。

「邪魔をしてもよいかな」

え、と顔を上げる吉六に、お縁は目顔で頷いた。

「お向かいの先生です、いろいろとお世話になってるんですよ」

「あ、さいで」

ぺこりと会釈をする吉六に向かって、登一郎は胡座をかいた。

「割って入ってすまん、海老蔵が成田にいるらしいと聞いてはいたのだが、真だったのだな」

「へい、新勝寺の延命院《えんめいいん》って塔頭《たっちゅう》に身を寄せていて、成田屋七左衛門《しちざえもん》と名乗っていやした」

「ほう、息災《そくさい》なのか」

「ええ、地元のお人らと親しくつきあって、芸を教えたりしてるみたいですぜ。七代目は成田山には前からしょっちゅうお参りにも行ってたし、跡継ぎが生まれるように祈願したら、ほんとに男児が生まれて、それが八代目ってわけでさ」

「七代目は」喜代が弾んだ声を挟んだ。

「そのお礼もかねて千両を使ってお寺に額堂《がくどう》を建てたんですよね。そこで参詣客に自ら茶を振る舞ったとか」

「へい、よくご存じで。市川家は、初代も祈願して二代目を授かったってえくらい、成田山とは深いご縁ですからね」

「ほほう」登一郎は目を見開く。

「そのように長い縁なのか、なれば身を寄せるにはよい場所だな」

「へい、そうでさ」吉六はぽんぽんと膝を叩く。

「先生も芝居がお好きで」

顔を向ける吉六に、

「ああ、いや」登一郎は首を振った。

「わたしはよく知らぬのだ。だが、周りに芝居好きが多くてな」

清兵衛も金四郎も芝居好きだ。

「いや、邪魔をしたな」

登一郎は腰を上げながら喜代をちらりと見た。いつもは見せないような笑顔で、吉六に向き合っている。

「七代目とお話しができるなんて、うらやましいこと」

弾んだ声に、吉六の声も高くなる。

「おう、そいつもあって、家移りを決めたんでさ。おたえ、成田に行くんだぞ」

「ええっ、やだ」おたえは喜代の膝にしがみついた。

「あたいはここにいる」

「なんだとっ、おとっつぁんを捨てるってのか」

苦笑いする吉六に、

「あらあら」

お縁が笑う。

登一郎は背中で皆の声を聞きながら、座敷を離れた。

「あの舞台は見やしたか」吉六の声が聞こえてくる。

「團十郎親子の〈暫《しばらく》〉」

「ええ、見ました」喜代の声が弾む。

「見事でしたわねえ、七代目の力強さが際立《きわだ》って」

「そうそう、あっしはもう腹が熱くなってね」

「わかります、胸が沸き立つのです」

「そうそう、芝居を見ているときは、浮世《うきよ》の憂《う》さを忘れちまうんだ」

「ええ、ひと晩寝ても夢が続くようで」

「そうでさ、そいじゃ、あれは見やしたか……」

続く芝居の話を聞きながら、登一郎はお縁の家を出た。

翌日。

押し入れの穴に、佐平が石を敷き詰めるのを、登一郎は覗き込んでいた。

「石が足りぬようだな、拾いに行くか」

ええ、と佐平が顔を上げる。

「あとで、また河原に行きましょう」

うむ、と頷いた登一郎は、顔を振り向けた。

「ごめんくだせえ」

吉六の声だ。

「こうたーん」

おたえの声と足音も響く。

「おう」と、登一郎はそちらに出て行った。

「おたえちゃん、来たのか」

「へい」と吉六が苦笑する。

「こうたんときよたまに会いたいって、うるさく言うもんで、しかたなく連れて来やした」

どうぞ、というお縁の手招きを待たずに、親子は上がり込んでいた。

「まあ」と迎える喜代に、おたえは飛びつく。

「きよたま、来ちゃった」

「あら、うれしいこと」

立ち上がった喜代は、その髪を撫でる。

「これ、あられ、売ってたもんで」

吉六は小さな包みを差し出す。

「まあ、じゃあ、みんなでいただきましょう」

お縁は微笑みながら、あられを皿に移す。米粒を炒った小さなあられだ。

「お湯でふやかせば、幸ちゃんも食べられるわね」

お縁が台所に立つと、喜代は幸丸を抱いて座敷に移った。

「いやぁ」吉六は首筋を掻きながら、喜代を見る。

「だいぶ、寒くなりやしたねえ」

「ええ、もう十月も終わりですものね」

喜代もにこやかに、頷く。

「ええと」吉六は顔を左右にひねりながら、上目になった。

「いや、海老蔵の話なんでさ、あれは見ましたか、〈勧進帳〉」

身を乗り出す吉六に、登一郎は思わず口元を弛めた。なるほど、会いたかったのは、おたえちゃんばかりではない、ということだな……。

「はい」喜代も首を伸ばす。

「八代目の義経もようございましたけど、やっぱり海老蔵の弁慶が堂々として、あの大見得《おおみえ》の気持ちのよいこと……」

喜代の声も弾む。

ふむ、と登一郎は笑みを浮かべたまま背を向けた。喜代殿も楽しそうなのはなによりだ……。

押し入れに戻ると、佐平を覗き込んだ。

「では、石を拾いに参ろう」

四

押し入れの穴の中で、登一郎は石の上に板を敷いていく。

「大丈夫ですかい、あたしがやりますよ」

覗き込む佐平に、「いや」と首を振った。

「この先はわたしがやる。そなたばかりを穴に押し込めていては、気が引ける」

言いつつも、身体を伸ばして、穴から這い出た。

「入ってみて、難儀なのがよくわかった。すまなかったな」

「なんの、あたしはこんなのは屁《へ》でもありませんや。中間《ちゅうげん》はしゃがみ仕事になれてますからね」

笑う佐平に、登一郎は腰を伸ばして苦笑する。

「いや、腰に来るな」

と、その顔を座敷に向けた。

吉六が喜代と向かい、笑い合っている。おたえがその横で、幸丸をおもちゃであやしている。

また来たのか、毎日だな……。苦笑のまま、登一郎はその光景を見つめた。

おや、と目を窓に移す。

窓の障子の外に、人影が動いたのだ。

窓は閉めてあるために、影しか映らないが、男であるのはわかった。

端に立って、じっとしている。耳を澄ませているらしい。

「喜代様」

お縁が座敷に入って来た。

人影が小さく動く。

しまった、と登一郎はお縁に駆け寄り、腕を引いた。

しっ、と口に指を立てる。

そのようすに、吉六も喜代もびっくりした目を向けて口を閉ざした。

登一郎はお縁にささやく。

「すぐに表戸に心張り棒をかけなさい」

は、はい、とお縁は踵を返す。

窓辺から、人影が消えていた。

お縁が戸に棒をかけると同時に、

「ごめん」

と、声が響いた。

登一郎はお縁を手招きする。

「返事はせずに」

黙って頷くお縁から、登一郎は向かい合う二人に目を移した。

喜代は腰を浮かせて戸惑い、吉六もびっくり眼のままだ。

「喜代殿は奥へ」

目で奥の座敷を示すと、幸丸を抱いて、慌てて移動した。

「吉六さん」登一郎は立とうとするのを手で制した。

「そのまま、おたえちゃんとここに」

「へ、へい」

表の戸が鳴った。開けようと手をかけている音だ。

「開けよ、おるのはわかっておる」

低い声が届く。がたがたと戸も鳴る。

「お縁さん」登一郎はそっと下がった。

「わたしが外に出たら、すぐに裏の戸にも心張り棒をかけるのだ。絶対に開けてはならぬ、よいな」

「はい」

ともに台所の土間に下りると、佐平が戸を開けて待っていた。

そっと外に出ると戸を閉める。すぐに中から棒がかけられたのがわかった。

家の脇を回りながら、登一郎は佐平にささやく。

「家から刀を持って来てくれ」

「はい」

佐平は素早く走ると、家へと飛び込んで行った。

そのあとを追って、登一郎は表に出た。

表戸の前に、二人の武士が立っていた。走り抜けた佐平に驚いたのだろう、こちらを見ている。

やはりか……。登一郎は二人に向かって立った。以前、富美の後を尾けて来た小柄と背高の二人組だ。

「なんの御用かな」

登一郎の問いに、二人は横目を交わし合うが、口は開かない。

「先生」

そこに佐平が飛び出して来た。

刀を手に走り寄る。登一郎はそれを受け取った。

とたんに、二人は足を踏み出し、柄に手をかけた。

「ほう、抜くか」

登一郎も白刃を抜き、鞘《さや》を佐平に渡す。鞘を抱えて、佐平は端に寄った。

「何者か」

小柄な武士が、問いながら刀を抜いた。

「なに」登一郎も足を踏み出す。

「この横丁の助《すけ》っ人《と》だ」

ふん、と背高も白刃を掲げた。

「年寄りの助っ人など、役に立たなかろう」

「おう」小柄が身を斜めにして構える。

「よけいな節介《せっかい》はやめておくことだ」

言うと同時に、男は刀を頭上に振り上げ、足を踏み出した。

斬る気はないな……。登一郎はすっと、身を横に反らす。藩士は騒ぎを起こせば、国許にまで迷惑がかかる。殺気は感じられなかった。

小柄の刀は、宙を斬って下ろされた。

登一郎は刀でそれを弾く。

小柄は身を崩しそうになって踏みとどまった。

その横で、背高のほうは目を吊り上げた。刀を斜めに下ろして、じりりと、足を進めてくる。

む、と登一郎は手に力を込める。峰打ちでくる……。そう腹の中でつぶやくと、地面を蹴った。

やられてなるか、と吐き出して、刀を回した。

相手も脛を狙って、回してくる。

とうっ、と登一郎の声が上がった。

回り込んでくる刀に、上から打ち込んだ。

刀同士のぶつかる音が、響く。

「くっ」

背高が飛んで下がる。

脇から小柄が足を踏み出した。

「こやつっ」

突きの構えで踏み込んで来る。

登一郎は身をくるりと躱して、相手の手首に打ち込んだ。

落としそうになる刀を、ぐっと握り返して、小柄が睨んだ。

そこに、戸が開く音が鳴った。

「おやぁ」

出て来たのは落山だ。

「こりゃ、なんてこった、役人を呼ばなきゃ」

張り上げる大声に、二人は刀を引く。

「あっ、そうだ」

佐平も声を張り上げた。

「お役人、呼んできまさ」

と、走り出す。

「くっ」

と、二人は顔を見合わせると、刀を納めながら走り出した。

「お役人さーん」

大声を出す佐平を突き飛ばして、二人は表へと駆けて行った。

奥のほうからも戸の開く音が鳴った。

「なんだ」読売の新吉が出て来る。

「騒ぎですかい」

寄って来た新吉に、登一郎は目顔で頷く。

「うむ、ちとな。だが、また来るかもしれん」

「へえ」新吉は顔を大きく巡らせる。

「そんなら、みんなに言っておきまさ。気をつけるようにって」

「お、そうか。これは迂闊《うかつ》であった」

登一郎も横丁を見回した。

「迷惑をかけぬように、気をつけよう」

「なあに」新吉がにやりと口元を上げる。

「相身互いってやつですよ」

五

朝の膳を食べ終えると、登一郎は端の家へと向かった。

「清兵衛殿、おられるか」

昨夜は留守だった。

「おう」と、中から声が返る。

「入られよ」

では、と戸を開けると、清兵衛は茶碗を置いた。番茶と梅干しの香りが漂っている。

清兵衛が二日酔いの朝に飲む茶だ。

「昨晩は飲んだのだな」

上がり込む登一郎に、清兵衛は笑う。

「うむ、浅草に芝居を見に行って、近くの知り合いの家に泊めてもらったのだ」

「そうか、そういえば市川海老蔵は成田に……いや、その話は後だ。実は、昨日な
……」

やって来た二人組と、これまでのことを話す。

「ほう、母子を確かめに来たのだな」

「うむ、見られはしなかったが、喜代殿の名を呼んだのを聞かれたので、ばれたこと
だろう。昨日は追い払ったが、また来るやもしれん」

「そうさな、気をつけておかねばいかんな」

清兵衛はずっと音を立てて茶を飲むと、「そうだ」と身をひねった。

後ろの箱を引き寄せ、それを開ける。小さな笛を指でつまみ出すと、片目を細めた。

「もし、怪しいやつに気づいたら、これを吹くことにしよう」

「なるほど」

登一郎は頷く。横丁の入り口であるから、気配に真っ先に気づくことができる。

横丁の差配人でもある清兵衛は、なにかあったときの合図に、以前から笛を使っていた。そして、もう一つの笛を、登一郎も渡されていた。読売を売る際に見張り役をすることがあり、役人に気づいた際に吹くためだ。

「そうか」登一郎は手を打った。

「それを聞いたら、わたしも笛を吹くことにしよう。お縁さんにも伝えておけば、すぐに戸締まりなどができよう」

「おう、それはよいな」

うむ、と登一郎は立ち上がった。

「では、お縁さんに伝えに行く」

「や、海老蔵の話は……」

手を伸ばす清兵衛に、登一郎は「のちほど」と振り向いて、外へと飛び出した。

お縁と幸丸を抱いた喜代が並ぶ前で、登一郎は懐から笛を取り出した。

「よいか、この音だ」

小さな音でピイッと鳴らす。

頷く二人に、登一郎はさらにもうひと吹きした。

「清兵衛殿は一度、わたしは三度、鳴らす。この音を聞いたら、お縁さんはすぐに表と裏の戸に心張棒をかけるのだ」

「はい」

お縁が力強く頷く。登一郎はその横の喜代を見た。

「で、喜代殿は子を抱いて、隠れ場所に入る。これから急いで造り上げるゆえ、心配は無用だ」

「はい」

喜代は子を抱く腕に力を込めた。

「けれど、まあ」お縁が眉を寄せた。「赤子をまるで物のように奪おうとするなんて、なんて勝手なことでしょう」

登一郎が喜代を見ると、子を抱いた母は小さく頷いた。

「あの騒ぎでしたから、わたくし、わけをお縁さんと吉六さんに話したのです。大まかにですけれど」

「ふむ、そうであったか。まあ、吉六さんはよく気が回るようだから、人に話したりはすまい」

「はい、わたくしも分別《ふんべつ》のあるお人だと思いましたので、話しました」

「こんにちは」

そこに吉六の声が響いた。

「お、噂をすれば、か」

登一郎が腰を浮かせようとすると、

「どうぞ」

と、お縁が立ち上がった。

「邪魔をしやす」

入って来た吉六は、繋いでいたおたえの手を離した。

「きよたまぁ」

おたえは座敷に駆け上がると、喜代に抱きついた。

吉六は土間で、出て来た皆を見上げた。

「こいつを持って来たんでさ」手にした二本の棒を掲げる。

「表と裏の戸に使ってくだせえ。一本よりも二本にしたほうが頼りになるってもんです。こいつは店で使ってたやつなんで、丈夫ですぜ」

ほう、と登一郎は棒を見た。

「確かに堅そうな木だ」

「へい、ここんちの棒の上に重ねて使えばいいと思って」

棒を隅に立てかける。

「まあまあ、すみませんね」

お縁が言うと、

「本当に」喜代も続けた。

「ありがとうございます」

「なあに」吉六は胸を張りつつ、顔を歪めた。

「なんか、もっとできることがありゃいいんだがな、ちくしょう」

鼻息を荒くする吉六に、喜代は微笑む。

「いえ、そのお気持ちが心強く、うれしいことです」

や、と吉六の顔がほんのりと赤くなった。

「あっしでよけりゃなんでもやりますから、できることがあったら、なんでも言っておくんなさいよ」

はい、と喜代の笑みが深まった。

「町のお人のほうが、よっぽど男らしいこと……あ、すみません」

喜代が登一郎を見て、首を縮める。

「いや、異存はない。わたしもここで暮らしてみて、よくわかった。武士は腕は立つが、上から下された命《めい》が理不尽でも、迷うことなく力《ちから》を振るう。罪もない人を平気で殺《あや》めたりもするからな。己の意はどうした、と情けない限りだ。それに較べれば、気《き》っ風《ぷ》も町人のほうがよほど潔《いさぎよ》いわ」

顔を振る登一郎に、喜代も頷いた。

「わたくしもこたびのことで、ほとほと武家に嫌気が差しました。いえ、武家といっても、我が家は三代前からしがない浪人、身分は町人と同じですが」

浪人は町奉行所から町人の扱いを受けている。

喜代は苦い笑みを浮かべた。

「母が田舎で水茶屋でもやりましょうか、と言ってましたけど、わたくしもそんな気になってきました」

まあ、とお縁が息を吐いた。

「けど、そうですね、暮らし向きなんて、変われば変わったですぐに馴染むものです。あたしもここに家移りして来たときには、こんな小さな家に、と思ったものだけど、今ではこの狭さがちょうどよくて」

お縁が小さく笑う。

「そうでさ」吉六も笑顔になった。

「あっしも江戸が一番と思ってやしたけど、なに、成田に行ったら、あっちはあっちでいいもんだと……」

「えー」おたえが父を振り向く。

「あたいはこっちがいい」

ああ、と吉六は頭をかく。

「おめえは喜代様がいいんだろうよ」

ふふ、と喜代はおたえを撫でながら、吉六を見た。

「申しましたでしょ、喜代でかまいませんよ」

へえ、と吉六はさらに頭をかいた。

「そいじゃ、お喜代さん……すいやせん、おたえがしつこくて」

「いいえ、幸丸も、もうすっかりおたえちゃんの顔を覚えて、笑うんですよ。わたくしもうれしくて」

ええ、とお縁も子らを覗き込む。

「まるで姉弟みたいに仲良しよね」

「うん」

おえたが手を出すと、幸丸が小さな指でそれを握った。

「ねー、こーたん」

それを振ると、幸丸が笑い声を立てる。

皆の笑顔を見ながら、さて、と登一郎は立ち上がった。

さっさと隠し場所を造り上げねば……。そっと、押し入れへと向かった。

第四章　無謀《むぼう》の奉行

一

昼過ぎ、表戸の障子に人影が映った。

「先生、いますかい」

末吉の声だ。

「おう、入られよ」

登一郎は腰を浮かせる。

戸を開けて、板を抱えた末吉が入って来た。

「お邪魔を……こいつを持って来たんですけど……」

「それはかたじけない、しかし……」登一郎が土間に寄って行く。

「もう、隠れ場所は造り終えたのだ」

「へえ、そうでしたかい。なら、こいつはいらねえな」

「いや、あとで余った物と一緒に、作次さんにあげよう」

「へえ、なら、ここに置いときやしょう」板を土間に下ろして、顔を上げる。

「神田明神下の普請も終わったもんで。ちょうどよかった」

「お、そうであったか。善七さんは喜んでいるであろうな」

「へえ、そいで、善七さんの言付《ことづ》けを持って来たんで。三日後、庭師を呼ぶんで、先生にも来てほしいって。枝折戸と飛び石が気に入ったらしくて、またお屋敷ふうの造りを教えてほしいみたいですぜ」

「ほう、なるほど、ならば行こう」

　登一郎は向かいのお縁の家に横目を向けた。一刻ほどならいなくても大丈夫だろう……。

「それで」末吉もお縁の家に顔を向ける。

「隠れ場所は、どんな塩梅《あんばい》になったんですかい」

　うむ、と登一郎は草履《ぞうり》を履いた。

「せっかくだ、見てくれ」

「へい」

連れだってお縁の家に行く。

「はい、どうぞ」

と、招き入れられ、二人は押し入れの戸を開けた。

柳行李を引っ張り出すと、登一郎は床板に手をかけた。

「この板だけ、大きくしたのだ。で、端に切れ目を入れて、指を差し込めるようにした」

持ち上げると、簡単に開いた。

「ほう、こりゃいい」

末吉は中を覗き込む。下に板が敷いてあり、二方にも板で壁が造られている。

「二方は壁なしにしたんですね」

「うむ、四方を囲むつもりだったのだが、造っている最中に気づいてな。空《あ》けておけば、そこから縁の下に逃げられるであろう」

「ほうほう、なるほど」

頷きながら、末吉は振り向いた。幸丸がハイハイをしてこちらに寄って来ていた。

喜代がその後に付いている。

「おや」末吉が母子を見た。

「もうハイハイか」

「ええ」喜代は微笑む。

「ここに来てから、するようになって」

「ほう、健やかでいいこった。して、母御はここを見たんですかい」

「はい、一度、中にも入ってみました。板も軽いし、すぐに入れました」

「ええ」背後からお縁も首を伸ばした。

「いざとなったら、あたしがすぐに板を上げますよ。これなら、安心です」

女二人が頷き合う。

「おう」末吉は笑顔になった。

「これなら、外からは見えやしねえ。先生、お手柄でしたね」

「いや」登一郎は片目を細める。

「末吉さんの隠し部屋を真似ただけのこと」

いやいや、と末吉は床板を戻す。

「こんだけできりゃ、大したもんです」

登一郎は少し鼻をふくらませて、

「邪魔をいたした」

と、女二人に笑みを向けた。

いえ、と見送られて、二人はお縁の家を出た。

そこにおたえの手を引いた吉六がやって来た。

「おう」と登一郎はおたえの頭を撫でる。

「また来たか」

へへ、と吉六が首をすくめる。

「こいつが行こうってうるさいもんで」

ふむ、と登一郎は目を細めた。そういうことにしておこう……。

おたえは父の顔を見上げて、手を離す。

家の中に駆け込むおたえに、

「あら、来てくれたのね」

喜代の声が弾んだ。

表戸の障子に外の茜色《あかねいろ》が映った。

書見台《しょけんだい》から顔を上げた登一郎は、その顔を隣に向けた。

隣家の拝み屋、弁天《べんてん》のしわがれた声が聞こえてくる。それとやりとりをしているのは吉六の声だ。

ほう、吉六さんは弁天のおばばも訪ねるのか……。そう思いつつ、そっと壁に身を寄せて、耳をそばだてた。

「ふうん、それじゃ、成田で新しい飯屋を始めるんじゃな」

おばばの声に吉六が声を高める。

「へい、けど、困ったのが……店の名はこれまでと同じ吉六にしようと思ってたんだけど、村の世話役に吉六さんってぇのがいて、飯屋の名には使えねえな、と……で、屋号を考えたんですけど、松屋とか竹屋とかって、どうですかね」

ああん、というおばばの声が聞こえる。

「縁起《えんぎ》を担《かつ》いだか。じゃが、よくある屋号じゃないか」

「へえ、まあ、松屋《まつや》ってえ宿もあるし、竹屋《たけや》ってえ竹細工の店もあって、まずいかなとは思っちゃいるんですけど……」

「そらぁ、まずかろう……そうじゃ、ならば吉八《きっぱち》にするがいい。吉が末広がりになるって寸法よ」

「吉八……ああ、そらいいかもしんねえ」

「いいに決まっとる、わしが考えたんじゃ。よいか、言葉には言霊ってえもんがあるんじゃ。よい言葉にはよい力が宿る。松や竹よりも、よっぽど縁起がよいぞ」

「なるほど、そんじゃそうしまさ、飯屋吉八の主《あるじ》吉六、いいかもしんねえ」

吉六の弾んだ声が響く。と、その声がくぐもった。

「あのう、もう一つ、訊きたいことが……」

「ほう、なんじゃ、言うてみよ」

「ええと……その……」

言葉が途切れる。登一郎は壁に耳をつけた。

「ほれ」おばばの声が響く。

「さっさと言わんか」

「あ、あのう……あっしはまた女房を持てるでしょうかね」

「ああん」

おばばの声とともに、登一郎も「おっ」とつぶやいた。もしや……。

「なんじゃ、惚れた女《おなご》ができたか」

おばばの声に笑いが混じる。

「へえ、まあ」吉六の声が小さくなった。

「けど、身分が違うし、その、あっしは子持ちだし……いや、あっちも子がいるんですけど……」

やはりか、と登一郎は頷いた。

「なんじゃ、後家さんか」

おばばの問いに、吉六の声が揺れる。首を振ったらしい。

「後家ってんじゃなく……けど、独り身で……」

「ほう、お縁さんに惚れたか」

おばばの含み笑いに吉六の声がさらに揺れる。首を振りつつ、お縁の家のほうを振り返ったのだろう。

「や、そんなんじゃ……あ、お縁さんはいい人ですよ、けど……」

ははは、とおばばの笑いが炸裂《さくれつ》した。

「戯《ざ》れ言《ごと》じゃ、わかったぞ、お縁さんの家にいる御武家の女じゃろうて。わしも何度か見かけたわ。そうかそうか、おまえさんがしょっちゅう来てるのは、そのせいだったか」

「へ、へい、まあ、その……」

伝わってくる吉六の声に、登一郎は肩をすくめた。おばばはお見通しか……。

「なもんで」吉六の声がやや大きくなった。

「うまくいくかどうか……どうでしょうね」

「かっ」と、おばばの声が響いた。

「そんなことを訊いても無駄じゃ」

「え……」

「右に行こうか左に行こうか、そんな迷いごとを訊かれても、天は教えちゃくれん。おまえさんはどうしたいんじゃ」

「あ、そりゃ……夫婦になれりゃうれしいな、と」

「そうか、ならば、そうなれるように進んでみろ。道が決まれば、天は助けてくれる。わしも祈ってやる。よいか、すべては己で決めてからじゃ。人や天に道を決めてもらおうと思うもんには、誰も味方なぞせんわ」

「はあ……や、わかりやした」吉六の声が引き締まる。

「けど、どうやって進めばいいんでやしょう」

「ふん、そらぁ縁談なら、まず仲人《なこうど》を立てることじゃ。くっつき合いでもかまわんが、相手が武家の娘なら、ちゃんとしたほうがよい」

縁談は、町でも仲人を立てて申し込むのが普通だ。恋仲になって仲人を立てない縁組みは、くっつき合いなどと言われて格下に見られる。

「仲人、か」

「お縁さんにあいだに入ってもらえばよかろう。双方をよく知っておるし、お縁さんは縁結びが得意じゃ」

「へい、けど、お縁さん、驚くだろうな……なんて言やぁいいんだろう……や、もしも断られたら……」

「うじうじするでない。道を決めたら、進まなけりゃ話にならんわ。さ、行け」

おばばの声がぴしゃりと響いた。

「へい」

吉六の立つ気配がした。

登一郎は立ち上がると、外へと飛び出した。

おばばの家の前に立つと、仁王立ちになった。

中から人の動く音がする。それが土間に下り、戸が開いた。

「わっ」

戸を開けた吉六がのけぞる。

登一郎は咳を払った。

「いや、ここにいたら話が聞こえたのだ」

隣で盗み聞きをしていたとは言えない。

「はあ、さいで」

気を取り直す吉六に、登一郎は胸を張った。

「仲人、わたしが引き受けよう」

「は……」

目を丸くする吉六に、登一郎は頷いて見せた。

「わたしは喜代殿の母上と兄上も知っている。家に行って、話をしてこようではないか」

「ほ、ほんとですかい」

「うむ」

「ありがてえ」

吉六が腰を折る。深々と下げる頭に、登一郎は「だが」とつぶやいた。

「こうしたときには、先に親御に話を通すものだが、家同士というような堅苦しい縁組みではないことだし、まず喜代殿に申し入れて、意を確かめるとしよう。それで是《ぜ》となれば、実家に行く。と、どうだ、この流れで」

あ、へい、と吉六は不安そうな顔を上げた。

「お願いいたしやす」

「よし、まかせろ」

ぽんと胸を叩く登一郎に、吉六は手を合わせた。

二

「ごめん」

登一郎の声に、お縁が戸を開けた。と、その目を見開く。

「あら、どうなすったんです、あ、お出かけですか」

羽織袴姿の登一郎を、足下まで見る。

「いや、実はな……」

登一郎はお縁の耳にささやいた。

「まあ、そのような……」

開いたままの目をくるくると動かすお縁に、登一郎は頷く。

「大役であるゆえ、姿を整えて参った」

祝われることもなく、理不尽な目に遭って子を産んだ喜代のために、ちゃんと形式を整えてやりたい、という思いがあった。

「お縁さんも同席してくれぬか」

「ええ、そういうことなら、あ、どうぞお上がりを」

お縁はうきうきとした顔で、登一郎を招き入れる。

「吉六さんの思いはわかってましたよ」

振り返って小声で言う。

「うむ、色に出にけり、であったな」

さて、と登一郎は思う。喜代殿も憎からず思うているはずだが……。

二人は目顔を交わしながら、座敷へと向かった。

「喜代さん」

お縁も様付けでなく、親しげな呼び方に変わっていた。

開け放した襖の奥で、喜代が膝を回した。登一郎の姿に、やはり目を丸くする。

「まあ……」

「邪魔をいたす」

笑顔で向かい合うと、お縁も斜め後ろに座った。

戸惑いの目で見る喜代に、登一郎は一つ、咳を払った。

「今日は、吉六さんの頼みで仲立ちに来たのだ。喜代殿、吉六さんは縁組みを望んでいるのだが、いかがか」

一気呵成《いっきかせい》に言うと、登一郎は喜代を見据えた。

「は、それは……わたくしと……夫婦に、ということ、ですか」

「さよう」

え、と喜代は口元を押さえる。

そのまま、目を傍らで眠る幸丸に向けた。

お縁も赤子を見る。

「おたえちゃんは幸ちゃんが大好きだし、よい姉弟になると思うわ」

その言葉に、喜代は頷く。

「はい、それは……けれど、わたくしのような……」

声が詰まり、震える。伏せた顔から、涙がひと筋、落ちた。

「こんな、弄《もてあそ》ばれた女が……」

「それは違う」登一郎が声を上げた。

「喜代殿に落ち度はないぞ」

喜代は濡れた顔を上げる。

「そうですとも」お縁が拳を握った。

「悪いのは男のほうです。喜代さんは堂々としておいでなさい」

二人に見つめられ、喜代は襦袢の袖で涙を拭った。

「よいのでしょうか……わたくし、人の妻になることなど、もうあきらめていましたのに」

「あきらめることなどない」登一郎は首を振る。

「まあ、喜代殿の思い描いていた道とは違うだろう。が、進もうとした道の先が封じられたら、横道に逸れればよいのだ。その道が思いもかけない仕合わせに繋がるのもよくあること。わたしもそうであった。腹立ち紛れに隠居したが、この横丁に来て、心底、よかったとも思うておる」

「ええ」お縁は身を乗り出す。

「子持ちの町人では釣り合わないかもしれませんけど、吉六さんはいいお人ですよ。男は女房を亡くすとすぐに後添いを持ちたがりますけど、それは断って、男手一つでおたえちゃんを育てて……お金儲けは下手かもしれないけど、情は誰よりも深い人ですもの」

「はい」喜代は頷く。

「それはわたくしも……正直で実直なお方だと、すぐにわかりました」

「ほう」登一郎も首を伸ばす。

「では、この話、受けるか。ともに成田に行って、飯屋の女房になるわけだが」

喜代は目を細めた。

「いっそ面白そうですこと……あ、なれど」と喜代は顔を北に巡らせる。

「母と兄がなんと言うか」

「うむ、それは大事。ゆえに、喜代殿がよいと言うならば、わたしが話を伝えに行こう。そろそろ、訪ねようと思うていた頃だし」

まっすぐに見つめる登一郎に、喜代は目を伏せて頷いた。

「そうか」登一郎は膝を打った。

「承知ということだな、では、実家の辻井家に話を持って行くとしよう」

はい、と喜代は顔を上げた。

お縁が膝ですり寄っていくと、喜代の肩に手をかけた。

「これもご縁というもの。人との縁こそが運なんですよ」

お縁は眠っている幸丸も見た。

「おたえちゃんと幸ちゃんも縁結びになったのね。子は鎹って、こんな形もあるのね」

そっと幸丸の髪に手を伸ばすと、幸丸はその目を開けた。とたんに、大きな泣き声を放った。

「あらあら、ごめんなさい」

慌てるお縁に、喜代は子を抱き上げる。

「いえ、お乳かおしめです」

女二人が赤子を覗き込む。

「では、わたしはこれで」

登一郎は、すぐに腰を上げた。

陽の傾き始めた道を、登一郎は羽織を翻《ひるがえ》しながら歩いていた。神田から道は上野広小路に入っていた。

広小路を進み、そこから横道に逸れる。辻井家はほど近い。

登一郎は辺りを見回してから、さらに路地に入り、勝手口に回った。

「ごめんくだされ」

そっと声をかけると、張り詰めた声が返ってきた。

「どちら様でしょう」

「真木登一郎だ」

戸が開いて、富美が顔を出した。

「まあ……真木様、裏から……」

その目が登一郎の正装を上から下まで見る。

ああ、と登一郎は苦笑した。

「このような姿で裏に回るとは、変であったな」

「あ、どうぞ」富美が中へと招く。

「幸之助も戻っております」

「邪魔をいたす」

座敷に上がると、富美と幸之助が並んで向かい合った。

「今日は仲人として参ったのだ」

登一郎の言葉に、親子は顔を見合わせる。

「仲人……」

「うむ、実はな……」

吉六のこと、子らのことなどを話す。

「まあ、なんと」

富美が口を大きく開いて、それを手で隠した。見開いた目で息子を見る。

「そのようなことに」幸之助はうつむく。と、その顔を上げた。

「いや、で、喜代はなんと」

「うむ、喜代殿も吉六さんのことを正直で実直だと言うていた。で、縁組みを望んでいると伝えると、受けると言うたのだ。まあ、一緒になれば成田へ移ることになるが、それでもよい、と」

「喜代が……」

親子のつぶやきに、登一郎は目を交互に見る。

「その吉六という男、わたしから見ても嘘のない誠実な人柄だ。喜代殿に惚れきっているのも見て取れる。子供にも情が深いゆえ、夫婦になれば喜代殿は安心して暮らせるであろう」

「そう、ですか」

腕を組む幸之助の横で、富美は口を固く閉じて、じっと考え込んでいた。

その口が息子に向かって開いた。

「よいではないですか。どこか遠くに行こうと思っても、当てなどないのです。成田で暮らしが立つのなら、いずれ、わたくし達も参ればよい」

「そう、ですね」幸之助は天井を仰ぐ。

「わたしも喜代を逃がしてお屋敷を辞めれば、江戸には居づらくなる。これはよい話かもしれない」

「うむ」登一郎は力強く頷いた。

「母子をいつまでも隠しておけるものではない。現に、横丁にも手が伸びているのだ」

先日、横丁で剣での立ち合いになった二人組のことを話す。その姿や顔立ちも伝え、

「前に尾けて来たのと同じ二人だ。幸之助殿は、見かけたことはおありか」

と、幸之助に問う。

「いえ、上屋敷の御家臣かと」

ふうむ、と登一郎は眉を寄せた。

「それと、別にもう一人……」

この家からの帰路に、尾けて来た男のことを話す。

「むう」と幸之助は口を曲げた。

「怒り肩で厳つい顔ですか、中屋敷にそういう御家臣がいますが……手柄を立てて上屋敷に上がりたい、と常々言っているそうです」

「ほう、ではその者かもしれんな。いずれにしても、横丁に来た二人組は、喜代殿と赤子がお縁さんの家にいることを察したはずだ。この際、遠くに離れたほうがよい。わたしはこの縁組み、よい打開策になると思うて、仲人に立ったのだ」

「なるほど、確かに」

頷く幸之助に、登一郎はそっと問う。

「屋敷のようすはどうなのだ」

幸之助は眉を寄せた。

「はい、時折、喜代と赤子のことを尋ねられます。母子ともども病がちだと嘘をついて、のらりくらりとごまかしています。あちらもわかっているような、いないような、腹の探り合いのようになっています」

「そうか、だが、いずれ決着を付けねばならぬ時がくる」

幸之助は頷き、「わかりました」と両の拳を握った。

「その縁組み、お受けします。成田へ行くよう、喜代に伝えてください」

「ええ」富美も頷く。

「落ち着いたら文《ふみ》を書くように、と。さすれば、わたくし達もいずれ成田に行きますから」

「承知した、いや、それがよい」

登一郎は腰を浮かせた。と、富美が、

「お待ちを」手を畳に突く。深く低頭すると、その顔を上げた。

「あの、お恥ずかしい話ですが、わたくしどもには、喜代に持たせる持参金は用意できそうになく……」

ああ、と登一郎は笑う。

「吉六さんのほうも結納《ゆいのう》などできはすまい。そのような儀礼はなしだ。心配はいらぬ」

「なれど、そうなれば真木様にもお礼が……」

縁組みがまとまれば、仲人には礼をするのが通例だ。仲人を生業《なりわい》とする者には、持参金の一割を渡すのが町の相場になっている。幸之助も母の言葉に、しまった、とばかりに首をすくめる。

登一郎は笑い声を噴き出した。

「いや、わたしもそのようなことは考えてもみなかった。すべてご無用」

そう言うと、勢いよく立ち上がった。
それに続いて、親子も立とうとする。
「いや、見送りはけっこう」登一郎は手で制す。
「また、裏からそっと出ることにする」
辺りに目を配りながら、道へと出る。よし、尾けられてはないな……。
登一郎は神田への道を歩き出した。
早く喜代殿に伝えてやらねば……。そう思うと、足が速まり、口元が弛んでいった。

三

台所横の板の間で、登一郎は桶で顔を洗っていた。
土間の竈では、佐平が焚《た》く飯が湯気を立てている。ともに年のせいか、朝が早い。
「先生」佐平がそっと寄って来ると、耳にささやいた。
「誰か、表に来てますよ」
ん、と登一郎は濡れた顔を上げる。佐平は手拭いを差し出しながら、続けた。
「表戸の障子に人影が映ったんです。過ぎていったんですけど、また戻って来て……

ありゃ、おんなじ人じゃないかと……」

む、と顔を拭きながら、登一郎は刀掛けに寄って行った。脇差しを腰に差すと、そっと戸口に近寄って行く。

人の気配はない。

土間に下りて耳を澄ませる。と、左手を柄にかけた。

外の足音が近づいて来るのがわかった。

障子に人影が映ったと同時に、右手で戸を開けた。

左手で鯉口を切りながら、足を踏み出す。

「ひゃっ」

人影が踊った。転びそうになるのを、踏みとどまったのは吉六だった。

「なんだ」登一郎は手を下ろした。

「誰かと思ったぞ」

「すいやせん」吉六は首を掻いた。

「こんな朝早くに。いえ、おたえが寝ているあいだにと思って」

「ふむ」登一郎はにやりと笑った。

「首尾《しゅび》が気になったのであろう」

にやにやとする登一郎に、吉六は足を踏み出した。

「へい……あの、どうでした、ゆんべは気になって気になって……」

「うむ、眠れなかったと見える」

赤い目を指で差すと、吉六は両手で顔を覆った。

「そりゃ……」

そう言って、足を踏みならした。

ははは、と登一郎は笑いを放った。吉六の肩をつかむと、

「上手くいったぞ」

と、指のあいだから見える眼を覗き込んだ。

「えっ」と手が離れる。

「ほんとですかい」

「ああ、喜代殿も受けると言うた。母上と兄上もよい、と。二人もいずれ成田に行く
そうだ。あちらで祝言《しゅうげん》を挙げればよい」

「ええっ」吉六の腕が宙を掻く。足も踊った。

「ほんとに……やや……」

登一郎は微笑みながら、向かいに目を向けた。

お縁の家の戸が半分、開いた。喜代が顔を覗かせる。

「そら、女房殿だ」

登一郎は吉六の肩を突くと、その顔を振り向けた。たちまちに、顔が赤くなり、棒のように直立する。

喜代は出て来て、深々と頭を下げた。

笑いを抑えて、登一郎は吉六の背中を押した。

「ほれ、行ってこい」

へ、へい、とまっすぐな腕を振りながら、吉六は寄って行く。

微笑みながら見ていると、奥の家から男が出て来た。戸直し屋の末吉がこちらに駆けて来る。

「先生、おはようございます」

「おはよう、末吉さんも早いな」

「大工は早起きでさ。明日、善七さんの所、行けますか」

「うむ、覚えているぞ、末吉さんも行くのであろう」

「へい、あっしは先に行ってやすんで、先生は都合のいい時に来てくだされば」

「そうか、では、四つ時（午前十時）までには着くようにしよう」

頷く登一郎に末吉はすぐに背を向けた。

「そいじゃ、頼んます」

駆けて戻って行った。

登一郎は、もじもじと語り合う喜代と吉六を見ながら、家へと戻った。


夕刻。

「ごめんください」

お縁の声に、登一郎は「おう」と声を返した。

「入られよ」

はい、と戸を開けてお縁が入って来る。手には深鉢がある。

「切り干し大根を煮たので、お裾分けを」

「おう、これはありがたい。お縁さんの煮物はうまいからな」

受け取った深鉢を、寄って来た佐平に渡す。

「こら、うれしい、いただきます」

佐平も笑顔で台所に戻って行く。

「あの」お縁が開けたままの戸を振り返った。

「ちょっと、うちに来てくださいませんか」

ふむ、と登一郎は出て行くお縁に付いて行った。

「喜代さん」

お縁は土間で奥に声をかける。

はい、とすぐに足音が立った。

「や、これは」

出て来た喜代に、登一郎は声を漏らした。

喜代は恥ずかしそうに肩をすくめる。

髷が高島田から丸髷に変わっていた。着物も町人らしい地味な木綿だ。帯も武家では高い位置できつく締めるが、下で緩く締めている。喜代は少し身をひねって、武家らしい文庫結《ぶんこむす》びではなく、町のおかみさんらしい緩いお太鼓結《たいこむす》びの背中を見せた。

「ほう、ずいぶん違うものだな」

目を丸くする登一郎に、お縁は微笑む。

「思いついたんですよ、これなら見られても喜代さんとはわからないかもしれないって」

「うむ、見間違えるかもしれん」

「でしょう。せっかく縁談も整ったことだし、いっそ姿を変えたらどうかと……喜代さんに言ったら、ではさっそくということになって」

「はい」喜代が頷く。

「武家に未練はありません。いっそ清々《せいせい》としました。わたくし、いえ、あたしはこの先、飯屋のおかみになるんですから」

にこりと笑む。

ほう、と登一郎も目を細める。

「吉六さんは見たのか」

「いえ」お縁が首を振る。

「昨日、吉六さんが帰ったあとで、思いついたんですよ」

「なるほどな。この着物はお縁さんの物か」

「ええ、とりあえず。明日は喜代さんが着ていた着物を古着屋に持って行って、町のおかみさんらしい物に取り替えて来ます」

「ふむ、それはよい」

頷きながら登一郎は振り返った。弾んだ足音が近寄って来るのに気づいて、首を外に出した。

「お、ちょうどやって来たぞ、吉六さんだ」

「あ、先生」

おたえの手を引いた吉六が、「こんちは」と土間に入って来る。

と、並んで座るお縁と喜代を見て、「えっ」と、声を上げた。

「やっ、そ、その姿……」

その横でおたえは父の手を振りほどき、喜代に駆け寄った。

「きよたま」

そう言って膝に顔を乗せるおたえを見て、登一郎はふっと笑った。子供は多少姿が変わっても気にしないのだな……。

「こうたんは」

見上げるおたえに、喜代は微笑む。

「奥にいるわよ」

聞き終わる前に、おたえは上がり込んで、奥へと駆けて行った。

「いやぁ」

吉六は目を見開いたまま、喜代を見ている。

ふふっと、お縁が笑った。

「おかみさんらしいでしょう」

へえ、と吉六は身を戻して、そっと土間に入って来た。

「いや、びっくりした」

喜代はその顔を斜めに見上げた。

「変ですか」

「あ、いや、んなこたぁねえ……なんつうか……」

頭を掻き、首筋を掻く。

お縁は喜代を見た。

「おまえさん、って呼んでごらんなさいな」

え、と身を引くが、喜代はすぐに背筋を伸ばした。ひと息吸うと、

「おまえさん」

と、きっぱりと言った。

「あ、いや、えっと……」

首筋を赤くする吉六を、お縁は見る。

「なんだい、お喜代、ですよ」

ええっ、と吉六は身を捩《よじ》る。

「そら」

登一郎が背中を押した。

「な、なな……」吉六は顔までひねる。

「なんでえ、お、お喜代……」

はい、とお縁が両手を打つ。

「よくできました」

「ってやんでえ、ちくしょうめ」

吉六が顔まで赤くしながら、笑顔になる。その顔で、

「お、お喜代」

と、胸を張る。

「はい」

喜代は微笑んで、吉六を見上げた。

四

神田明神下。

出来上がった善七の家の前には、数人の男達が集まっていた。法被《はっぴ》を纏《まと》った庭師や植木職人らだ。

小さな庭を見ながら、言葉を交わしている。

「あ、先生」

末吉が気づいて振り向いた。善七もそれに続く。

「これは真木様、わざわざお運びいただきまして……」

と、その腰を曲げる。

「よい家になったな」

登一郎は木の匂いの漂う家を見渡した。

「はい」善七がにこやかに頷く。

「おかげさまで。あとは庭です。石を置こうか、石灯籠《いしどうろう》にしようか迷ってるんです。どう思われますか」

ふうむ、と登一郎は腕を組んだ。

「野趣《やしゅ》を重んじるのであれば石、風情を取るのなら石灯籠というところか。俳諧をなさるのなら、どちらが句をひねりやすくなるか、というのも考えどころかもしれぬな」

「ほう、なるほど」善七は手を打ちつつも首をひねる。

「はて、まだ始めていない身としては、どちらがよいのか……」

「冬には石灯籠だな」末吉が口を挟む。

「雪が積もれば、そりゃあいい風情に……」

言いかけて、ふとその口を閉じた。顔を道へと振り向ける。

大きな足音が聞こえてくる。轟《とどろ》きのような足音だ。

「なんだ」

庭師らも皆、口を閉ざしてそちらを見た。

なだれ込んで来たのは、大勢の男達だった。

先頭に立つ男は御用と書かれた提灯《ちょうちん》を掲げている。

後ろに並ぶ男達は、襷掛けに股引《ももひき》姿。手には鳶口《とびぐち》を持っている。

「な、なん……」

鳶口の鋭い刃に、善七の顔が強張る。

長い棒の先に、鋭い三角の刃が付いた鳶口は、火消しが家を壊す際に用いる道具だ。

黒漆《くろうるし》の陣笠《じんがさ》を被り、手に采配《さいはい》を持った与力が進み出た。

「南町奉行の命により、これより美濃屋善七の家を取り壊す」

「お、お待ちくださいまし」末吉が進み出た。

「この家は出来上がったばかりで……」

「黙れっ」与力が手を上げると、采配の先に下がる千切りの紙片が揺れた。

「普請のようすを見てきたが、造りに贅沢いたしたこと不届き。奢侈禁止令に背《そむ》くことは明白なれば、取り壊す」

与力が采配を振り上げ、振り向くと同時にそれを下ろした。

「皆の者、かかれ」

「おうっ」

と、声が上がり、二十人近い男達が腕を振り上げた。

庭師や植木職人らが、慌てて飛び退く。

「や、お待ちを……」

善七は宙を泳ぐように、与力に近づく。

「下がれ」

与力は腕で善七を払った。

よろめく善七を、末吉が慌てて受け止める。

「なんてこった……」

隅に善七を引き寄せながら、末吉が唇を嚙む。

登一郎も腕を伸ばす善七を引き留めた。

「危ない、こちらへ」

腕を引いて、隅に寄った。

やはり、目を付けていたのか……。登一郎はいくども見かけた同心や与力の姿を思い出していた。それにしても、と唇を嚙む。普請のあいだはなにも言わずにいたのに、出来上がってから壊しに来るとは……。

善七の腕をつかんだ手に力が入る。

登一郎は鳶口を振るう男達を見た。

「奥へ回れ」

指示を出しているのは同心と見える。

鳶口を振り下ろし、壁板を破っているのはさらに下の役人だろう。

捕り方か……。登一郎は男らを睨む。

大きな音を立てて、次々に壁板が剝がされていく。

なかには鳶口の金具が斧《おの》になっている鳶口斧を振るっている者もいる。

手慣れているな、あれは雇われた町火消しの者かもしれん……。登一郎は右から左へと見渡す。

壁の剝がされた家に次々に上がり込んで、男達は家の中も壊していく。

「あ……あぁ……」

善七は手を泳がせながら、しゃがみ込んだ。

道からもざわめきが伝わってきた。

登一郎が振り向くと、道には人々が垣根になっていた。騒ぎに町の人々が集まって来たのだ。幾重にも取り囲んだ人々は、背伸びをし、首を伸ばして見ている。

采配を持った与力はそちらに向きを変えた。

「この普請、贅をこらし、奢侈禁止令に背く不届きをなしたゆえ、取り壊す」

大声に、人々はしんと静まった。

そうか、と登一郎は腹の底で唸った。見せしめか……。

与力が背を向けると、人々にざわめきがまた広まった。

「だからって、出来上がってからわざわざ……」

「おう、途中で止めりゃいいじゃねえか」

「こんないい家をもったいねえ」

その声は聞こえているはずだが、与力は平然と立っている。

「南町の役人だってよ」

　ささやきは続く。

「鳥居耀蔵の命令か、どうりでな」

「ああ、やりそうなこった」

　そのささやきに割って入った声があった。

「ちょいと、通してくれ」

　人垣をかき分けて来たのは、大工の棟梁だった。

　隅に寄った善七らに寄って来る。

　地面にしゃがみ込んだ善七に、棟梁は腰を曲げて覗き込んだ。

「騒ぎを聞いて、駆けつけて来たんだが」そう言って、役人らを睨みつける。

「まさか、ほんとに……なんてことしやがる……」

　棟梁の口から歯ぎしりが漏れた。

　登一郎はそれを聞いて、己の痛みに気づいた。唇を嚙んでいたせいで、歯が食い込んでいた。血の味が口中に広がり、それを吐き出した。

「まったく」登一郎は棟梁に頷いた。

「非道にもほどがある」

家は中まで壊されていき、欄間も飾り棚も無残な木ぎれに変わっていく。

「みんな、ようく見とけよ」

人垣から声が上がる。

「おう、この目に刻んどくぜ」

登一郎はその声に、顔を向けた。

人垣から首を伸ばしている男と目が合う。横丁の新吉だ。その隣には読売仲間の久松と文七《ぶんしち》もいる。

末吉も気づいて三人を見た。末吉と新吉の家は隣同士だ。

人垣の三人と、登一郎、末吉は目を合わせて、頷き合った。

家が壊されていく音は、まだ続いていた。


夕刻。

登一郎は新吉の家の前に立った。

「ごめん」

そっと声をかけながら、耳を澄ませた。

二階から人の声が聞こえてくる。

「はい」女房のおみねが戸を開け、にこりと笑った。

「先生が見えたら二階に、と言われてます」

そうか、と登一郎は上がり込み、階段を上った。

新吉と文七、久松に末吉の姿もあった。

「おう、やはり集まっていたか」登一郎は空けられた輪の中に腰を下ろす。

「読売を作るのだな」

「へい」久松は腕をまくり上げる。

「これを作らなけりゃ、名が廃《すた》るってもんで」

おう、と新吉は頷きつつも、顔を歪ませた。

「けど、あの場には大勢が集まって見てましたからね、もう話は江戸中に広まっているはずなんで」

「そうそう」文七が眉を寄せる。

「それに、ほかの読売連中も来ていたから、いっせいに売り出すでしょう」

「おう」新吉が腕を組んだ。

「うちの売りは、家の造りをよく知っている末吉さんから話を聞けるってぇことだ。

だがそれも、あんまり詳しく書くと、役人は誰が漏らした、と出入りの大工らを探るだろうから、控えざるを得ない。ほかの読売と、さほどの違いはつけられないだろうよ」

「なるほど」登一郎は皆を見た。

「そうなれば、慌てることはない、というわけか」

いつもとは違って急いたようすがない三人に、登一郎は頷いた。

「さいで。急ぐこたぁないんで、仕事は明日からってことにしました」

そう言う新吉に、登一郎は声を落とした。

「見張りのことなのだが、こたびはちとできそうにないのだ。向かいの家を守ることになっていてな、長い時を留守にするのは難しいゆえ」

「ああ、それは大丈夫でさ、先生に手間をかけることはありません」

新吉の言葉に文七が続ける。

「ええ、この騒動は読売を出しても役人は大した取り締まりはしない、と踏んでます。家をわざわざ出来上がってから、それも昼日中に取り壊しを行ったってことは、あきらかに見せしめでしょう。だとしたら、この一件が広まるのは町奉行所にとっても好都合なはずだ。取り締まるにしても、いいかげんに決まってる」

「ほう、それはもっともなこと」

登一郎は頷く。新吉は頭が切れるし、文七は考えが深い。二人の顔を見ながら、役人らの姿を思い出していた。ふっと、顔が歪む。命令のままになんでもする役人よりも、町人のほうがよほど気概《きがい》があるというものだ……。

「まあ、どのみち」久松が膝を叩く。

「あんだけ人が集まってりゃ、読売を買う客は多くねえだろう。噂のほうが広まるのは速いからな」

「そういえば」登一郎は苦笑した。

「うちの佐平も見物に加わっていたらしい。横丁にも話が聞こえてきて、走ったと言っていた」

ああ、久松が頷く。

「見かけましたぜ、佐平さん、息を切らしてたな」

「そうか」末吉が言う。

「佐平さんも、普請の場にいくども来たからな」

「うむ」登一郎は口を曲げた。

「出来上がりを待って壊すなんて、と佐平も珍しく怒っておったわ」

三人が同時に頷く。

「まったくだ」

新吉の唸りに、久松が続ける。

「こりゃ、語り継がれるぜ、鳥居耀蔵の名前とともによ」

「おう、忘れられないように、読売にしてやろうじゃないか」

文七がぱんと腿を叩いた。

五

朝一番に、登一郎は湯屋に飛び込んだ。昨日の取り壊しを思い出すと目が冴えて、よく眠れなかったせいだ。

朝早くから、湯屋は混んでいた。やはり朝の早い職人らが、開くのを待って入って来るからだ。

湯気の中で、登一郎は耳をそばだてていた。

周りから男らの声が耳に入ってくる。

「へえ、それじゃその家、全部、ぶっ壊されちまったのかい」

「おう、美濃屋の見てる目の前でやったってえんだから、ぶったまげだぜ」

「そいつは、出来上がるのを待ち構えてたってことかい」

「そうだろうよ。まあ、十一月に入って南町が月番になったってのもあるんだろうけどよ」

そうだった、と登一郎は思う。十月は北町奉行所が月番だったが、この十一月に入って月番は南町奉行所に変わっていた。当番でない月は、町奉行所は門を閉ざし、表だった動きはしない。が、月番となれば、堂々と捕り物もできる。それを待っていたのか、確かにな……。登一郎は、眉を寄せた。

「けどよ、普請は何ヶ月も前からやってたんだろう。贅沢な造りだってわかるくらい覗きに行ってたんなら、途中でお叱りを入れりゃあよかったじゃねえか。そしたら、損も少なくてすんだんだろうに」

「いや、それじゃあ、見せしめにならねえってこったろう」

湯船の反対側からも声が聞こえてくる。

「おれは善七さん、知ってるんだけどよ、隠居暮らしをそらあ、楽しみにしてたんだぜ」

「おう、大店だってのに、質素だったたって話だな」

「そうよ、ケチとも言われてたけどな。今となっちゃ、それもこれも隠居暮らしのためだったんだろうよ」

「へえ、それで注《つ》ぎ込んだのがパアかい。かわいそうな話だな」

「おう、こんな話、ふだんならざまあみろって笑うやつも出るけどよ、さすがにみんな、美濃屋に同情してるぜ」

「そらぁ、そうだろう。やるに事欠いて、ひどすぎらぁ」

「おう、ふざけんじゃねえってこった」

荒っぽい声が湯気を揺らす。

登一郎は湯船から上がると、汗で濡れた顔を拭いた。

取り壊しの音が耳に甦り、善七の腰を抜かした姿を思い出す。と、腹の底がぐつぐつと熱くなった。

「熱くてかなわん」

思わずつぶやくと、登一郎は汗を勢いよく手拭いで拭った。

湯屋を出ると、登一郎は歩き出した足をふと止めた。

そうだ、と踵を返す。

確か、美濃屋は松田町《まつだちょう》だと言っていたな……。

辻を曲がって、松田町へと足を向けた。

再び辻を曲がって進むと、目を上に向けた。

屋根に〈せともの美濃屋〉という看板が立っている。

ここか、と登一郎は店の前に立った。

中には多くの棚や台があり、瀬戸物の器が所狭しと並べられている。手代《てだい》らが忙しそうに客の相手をする姿も見える。

首を伸ばして中を覗くと、奥に帳場台も見えた。そこでは番頭らしい男が算盤《そろばん》を弾いている。

店の中から、二人連れの客が出て来た。

「寝込むのも無理はねえな」

「おう、気の毒なこった」

横を通る二人に、登一郎は思わず声をかけた。

「それは主のことか」

え、と二人は立ち止まった。

「へい、さいでさ」

「ここの旦那は、昨日、えらい目に遭ったんでさ」

ふむ、と登一郎は頷く。

「出来上がった家を取り壊されたのであろう」

「へえ、ご存じで。あっしも見に行ったんですけどね、そらあ、情けも容赦《ようしゃ》もなくぶっ壊されちまって」一人が顔を歪めて、店のほうを見る。

「なもんで、心配になって来てみたんだけど、善七さん、昨日から寝込んじまってるそうでさ」

「へい、粥《かゆ》さえ手をつけずに、布団に潜《もぐ》ってるって話でした」

もう一人も、横目で店の奥を示す。

「そうか」登一郎は息を吐いた。

「いや、呼び止めてすまなかった」

いえ、と二人は去って行く。

寝込んでいる、か、それはそうだろう……。登一郎はつぶやいて、店の前を離れた。

戸の障子に黄昏《たそがれ》の茜色が映る。

それを眺めていた登一郎は、おっ、と腰を浮かせた。二人の人影が立ったからだ。

見慣れた影は、清兵衛と遠山金四郎だとすぐにわかる。

「ごめん」

声とともに戸が開いた。

「おう」出迎えた登一郎が、

「ささ、上がられよ」

清兵衛は手にした酒徳利を掲げ、

「佐平さん、燗《かん》を頼む」

と、声を上げる。すでに台所から駆けつけていた佐平が、それを受け取った。

「こっちもだ」金四郎も酒徳利を渡す。

「それと、これは肴《さかな》に、つみれとはんぺんだ」

はい、と佐平は両手で徳利と包みを抱えて戻って行った。

登一郎は自ら膳を並べ、箸なども揃える。

「すまんな、いつも突然で」

胡座をかく金四郎に、

「いつでも、大丈夫ですよ、こっちは」

登一郎は目を細めて見せた。

燗のついた酒が運ばれ、三人はそれを口へと運ぶ。

ふうっ、と息を吐いて、金四郎が天井を仰いだ。

「旨い」

「おう」

清兵衛が頷く。

登一郎は空《から》になった金四郎のぐい呑みに酒を注いだ。

「これはかたじけない」

金四郎はすぐにそれを飲み干す。顔に赤味が差してきた。

「あの所業」登一郎は声を低めた。

「いかが思われます」

む、と金四郎は手酌をしながら目を上げた。

「南町が家を取り壊した件か」

「ええ、わたしは普請に少しだけ関わっていたため、その場に居合わせまして」

「ほう、そうであったか」金四郎はぐい呑みを空けると、膳に勢いよく置いた。

「さすがに、やり過ぎだと思ってな、わたしは鳥居殿に物申したぞ」

「おう、やはりか」清兵衛が酒を注ぐ。

「金さんなら黙ってはおるまいと思っていたがな」

「うむ、しかし、考えた……鳥居殿は民などは頭から押さえつけるべし、と思うているお人だからな、民の情など忖度《そんたく》せぬし、非道というても通じないのは明らかだ」

うむ、と登一郎と清兵衛が頷く。

「なもので」金四郎は二人を見る。

「こう言ったのだ、民から憎まれるような押さえつけをすれば、この先、支配しにくくなる、ほどほどにしたほうがよい、と」

「ふむ」登一郎は、顎を撫でる。

「鳥居耀蔵の専横《せんおう》を制するための方便だな」

「そうよ、しかしな、やつめは言いおった。民などというものは、手を緩めれば図に乗るのが見えておる、押さえつけるに強すぎるということはない、とな」

ふうっ、と登一郎は息を吐く。

「いかにも言いそうなことだ」

「いったい」清兵衛は顔を反らせた。

「何様のつもりでいるのだ、あの妖怪は……いや、そういえばいたな、享保《きょうほう》の勘定奉行だったか、胡麻《ごま》の油と百姓は絞れば絞るほど出るなり、とか言った役人が」

「ああ」登一郎は頷く。

「勘定奉行だった神尾春央《かんおはるひで》だ。年貢を搾り取ることに、なんの躊躇《ちゅうちょ》もなかったという話だ」

「そうそう」金四郎は肘を腿に置く。

「何様といえば、鳥居殿はもとは松平様の血筋だからな。その神尾春央を重用《ちょうよう》した松平乗邑《のりさと》の曾孫なのだ」

「おっ、そうなのか」

身を乗り出す清兵衛に、登一郎は「うむ、そうなのだ」と腿を叩く。

「鳥居耀蔵は林 述斎《はやしじゅっさい》の三男坊で、そこから鳥居家の養子に入ったのだ。父親の林述斎は、松平乗邑の孫であったと聞いている」

「さよう」金四郎が頷く。

「松平乗邑の息子の三男坊が松平乗衡《のりひら》という男でな、それが林家に養子に入ったのだ。で、林衡《たいら》と名を変えた。述斎は号だ」

「そうであったか」清兵衛が小首をひねる。

「林家は代々儒学者の血筋であったろう。松平家から養子をもらうということは、名門なのか」

「ううむ」登一郎が口を尖らせる。

「初代の林羅山《らざん》は家康公に認められ、徳川家の儒学者として召し抱えられたのは確か。

それを代々継いで、学問所の設置も許されている。しかし、林羅山の祖父は加賀《かが》の浪人であったと伝わっているからな、武家には名門と認められてはいないのだ」

そこに佐平が盆を持ってやって来た。

「はい、つみれを葱《ねぎ》と煮ました。熱いのでお気を付けて」

小鉢をそれぞれの膳に置いていく。

「おう、いい匂いだ」

目を細めた清兵衛は、つみれを箸でつまみながら顔を上げた。

「鳥居家はどうなのだ、名門なのか」

「いや」金四郎が首を振る。

「古い旗本だが、名門というほどではない」

「さよう」登一郎が頷く。

「鳥居耀蔵は、家格から言えばさしたる名家とはいえない林家から鳥居家の婿養子になった、というわけだ。しかし、血筋で言えば、松平乗邑の曾孫。当人は内心、強い誇りを持っていても不思議ではない」

「なるほど」清兵衛は顔を歪める。

「松平乗邑なら、わたしとて知っている。将軍吉宗公《よしむねこう》の片腕とされ、老中首座を務めた男であろう」

「うむ、その折には勝手掛《かつてがかり》も拝命して、財務を取り仕切ったのだ。で、神尾春央を勘定奉行にしたわけだ」

「ああ」金四郎がつみれを飲み込んで、眉を寄せる。

「松平乗邑も神尾春央も、容赦なく年貢を上げるし、米相場は都合よく動かすしで、御公儀の御金蔵には千両箱が増えた。が、その分、苦しんだのは民だ。堪えきれなくなった民が打ち壊しや一揆を次々に起こし、結局、二人とも失脚することになったわけだ」

ううむ、と清兵衛も顔を歪める。

「妖怪めはその血筋であったのだな」

「うむ」登一郎も片目を歪めた。

「松平乗邑は民からたいそう嫌われたし、最後は城中でも評判は悪かったらしい。しかし、なにしろ松平家だ。血筋の者は皆、誇るであろうよ。おそらくそれゆえだ、鳥居耀蔵は、老中首座といえど水野忠邦のことなど恐れてはいない」

「おう、わたしもそう思っていた」金四郎は傾けていた身を起こした。

「水野様のことをうまく利用しているようにさえ見える。表向きには礼を尽くしているが、内心は水野家など松平家に較べれば遥かに劣る、と思っている顔だな、あれは」

「そうとも」登一郎は膝を叩く。

「やはり遠山殿もそう思われていたか。わたしもあの傲岸不遜《ごうがんふそん》ぶりからして、鳥居耀蔵の腹はそこにあると思うていたのだ」

うむ、と二人は頷き合う。

「ほほう」清兵衛は腕を組んで、天井を見た。

「なるほど、だから、人の言うことなど聞き流し、誰の目をも恐れないのか……鳥居耀蔵はなにゆえにそこまで驕慢《きょうまん》でいられるのか、不思議に思っていたが、そう聞けば腑《ふ》に落ちるわ」

うむ、と登一郎は酒をぐいと呷った。

「馬鹿馬鹿しいことだが、武家の世では血筋や家格がものを言うからな。人を見ずに、家名を見るのだ」

言いながら拳を握り、それで腿を打つ。城中の人々の顔が甦ってくる。以前、剣の立ち合いになった細川家や伊達家の家臣らも思い出した。喜代の顔も浮かんだ。

「名門だの、血筋だの、くだらぬことだ」

声が高まった。

「おう、まったくだ」

金四郎も手を打つ。

「実に、くだらん」

そう吐き出すと、登一郎は腰を浮かせた。勢い余って、そのまま立ち上がる。

「くだらん、くだらんぞっ」

立って拳を振り上げる。

二人はそれを見上げて、「おう」と手を打った。

第五章　負けじの道

一

登一郎は茶を淹れた湯飲み茶碗を持って、外に出た。

そのまま横丁の端に行く。入り口にあるのは清兵衛の家だ。家の軒下には〈よろず相談〉と記された木札が下がっている。

その家の前から、横丁の表を覗いた。

そこには座っている清兵衛の姿があった。自分の家の窓の下に、見台《けんだい》と床几を置いて、座っている。清兵衛は易占《えきせん》もしているが、見台を出すのは気が向いたときだけだった。しかし、喜代を探しに来た二人組が騒ぎを起こしたあと、事情を知った清兵衛は見張りとして、毎日見台を出していた。

「清兵衛殿」と、登一郎は見台の横に立った。

「茶を持って来た」

「おう、かたじけない」受け取った茶碗を口に運ぶと、上目で登一郎を見た。

「怪しい者の気配はないが、いつまで続ければよさそうか」

「うむ、吉六さん次第なのだ。成田へ逃げてしまえば、さすがに行方は追えぬだろう。だから、早くここを抜け出せるよう、急かしてはいるのだが……世話をかけるな」

「いや、わたしはかまわんのだ。こうして出ていると、それなりに客が来て小遣い稼ぎにはなるからな」

笑う清兵衛に、登一郎もつられる。その二人の前に、男が立ち止まった。

「お、こんちは、お揃いですね」

横丁の新吉だった。朝、見かけたときには、詰め込んだ読売で懐が膨らんでいたが、今はすっきりとへこんでいる。

「お、売れたのだな」

登一郎が目を細めると、新吉はにっと笑った。

善七の家が取り壊されてから、すでに四日が経っていた。

「へい、おかげさんで。刷った分は捌《は》けたんで、もう終わりにします」

「そうか、役人は来なかったか」

「ええ」新吉は笑いを歪めた。

「思ったとおり、取り締まりはなしでした。奢侈禁止令と御公儀の御威光を広めるに好都合、と思ったんでしょうよ。まあ、うまく利用されてるようで、しゃくに障るっちゃ障りますけどね」

「ふむ」清兵衛はそっと懐から畳んだ読売を取り出した。

「しかし、この絵はよかったぞ」

広げた読売を覗いて登一郎も頷く。

「うむ、おみねさん、腕を振るったな」

絵を描いているのは新吉の女房のおみねだ。

左上に描かれているのは、醜い妖怪が口から男らを吐き出している姿だ。吐き出された男達が散らばり、家を取り壊している絵が下に広がっている。

「妖怪が南町奉行なのは一目瞭然、さすがにこれを見れば、役人も十手を振り回すだろうが、見ていないということか」

「いや、今頃は役人の手にも渡ってるでしょう。だから、もうやめにしたんで」

ははは、と笑って新吉は肩をすくめると、「そいじゃ」と歩き出した。

清兵衛は茶を飲み干すと、空になった茶碗を登一郎に戻した。

「さて、あと半刻ほどでしまいだ。あとは家の中から見張るとしよう」

登一郎は茶碗を握りしめる。

「わたしも家からずっと見張っているゆえ、清兵衛殿は気を抜いていただいてかまわんぞ」

「うむ、では今日は湯屋でゆっくり浸かることにする」

上目でそう言う清兵衛に、登一郎はすまぬな、とつぶやいて目顔で礼をした。

表戸と窓を少し開けたまま、登一郎は向かいのお縁の家に目を向けていた。

やって来た人影に、お、と登一郎は立ち上がって外に出る。

「ごめんください」

戸に立つ背中に、登一郎は「吉六さん」と呼びかける。

「あ、こんちは」

振り向く吉六に、手を繋がれたおたえも続く。

「こんいちは」

「おう、おたえちゃん」

その頭を撫でながら、登一郎は吉六に問う。

「家移りのほうは進んでいるか」

「へい」吉六は胸を張る。

「店の始末はもうすんで、今は家の荷物を片付けてやす。いろいろ売っぱらって、金に換えてるんでさ。あっちにも古着屋や古道具屋はあったんで、身一つで行きまさ」

その背後で戸が開き、お縁が姿を見せた。

「あら、どうぞ中へ」

招く手のままに、三人は中へと入る。

奥から喜代が幸丸を抱いて出て来た。

「やっ」登一郎は声を漏らした。

「ええっ」と吉六も身を反らす。

上がり框に座った喜代は、すっと背筋を伸ばして顔を上げた。

その顔からは眉が消えていた。にこりと笑うと、白かった歯が黒く染められているのがわかった。

「きよたま、でしょ」

さすがにおたえも小首をかしげる。

「はい、そうよ」

喜代はお歯黒《はぐろ》を見せて、おたえに手を伸ばす。

「びっくりしたかしら」

うん、と言いながらも、おたえは膝に顔を乗せる。

「ちょっとびっくりした。けど、きよたまだから、平気」

登一郎はおたえのうれしそうな顔に、ふっと面持ちを弛めた。近いうちにおっかあと呼ぶようになるのであろうな……。

「いや」吉六は目をくるくると動かしている。

「あっしのほうがたまげた」

「うむ、見違えたな」

登一郎も顔を反らす。

ふふふ、とお縁が笑った。

「おかみさんですからね、眉剃《まゆぞ》りとお歯黒はしなけりゃ」

町の女は縁づくと、眉を剃ったり抜いたり、歯を黒く染める。武家の女も同様にするが、歯を染めるのは子を産んでからだ。

喜代は幸丸を覗き込んで、その顔を上げた。

「ずっと、気持ちの収まりが悪かったんですよ。子を産んで、もう娘ではないのに……かといって妻でもない。わたくし、いえ、あたしはいったいなんなんだろうって……けど、これですっきりとしました。どこから見ても、おかみさんでしょう」

「うむ」登一郎は頷く。

「りっぱなおかみさんだ。おたえちゃんと幸丸のおっかさんに見えるぞ」

「あ、それも」喜代は子を高く抱き上げる。

「この子は名を変えました。幸吉《こうきち》にしたんです」

「ほう、それはよい。町人らしいよい名だ」

「幸吉かぁ……」吉六が目を細める。

「いやぁ、あっしの倅ってこった、そうでしょ」

「はい」喜代が見上げる。

「やっ、なれば」登一郎は身を回した。

「皆、来てくれ」

外へ出る登一郎に、それぞれが戸惑いながら付いて出る。

登一郎は隣の家の戸に声をかけた。

「落山殿、おられるか」

その呼びかけに、すぐに戸が開いた。

「はい、おりますよ」

「頼みがあるのだ、皆で邪魔をしてよいか」

「はあ、どうぞ」

開けられた戸から、皆が上がり込んだ。

奥の座敷に入りながら、登一郎は落山に話しかける。

「往来手形を作ってほしいのだ」

「あっ、そうか」吉六が手を打った。

「そいつを忘れてた。あっしの分はあるけど……」

うむ、登一郎は喜代親子を見る。

「一家ということにして、手形を作ればよい」

「ああ」一番後ろから、お縁も手を打つ。

「そうですね、それがいいわ」

「なるほど」

落山は文机の前に座ると、手でその向かいを示した。

皆が、並んで座る。

「さて」落山は筆を執った。

「では、一家の主、名はなんと言われる」

主、つぶやいて、吉六は身体を揺らす。

「あ、あっしは吉六で……葺屋町で飯屋をやってたんですけど借り店で、あ、住まいは近くの五郎兵衛《ごろべえ》長屋で……」

これまでのことを話す。

「ふんふん、葺屋町、五郎兵衛長屋、と……」

落山は筆を滑らせていく。

で、と喜代を見た。

「おかみさんということですね」

「はい、名はきよです」

きよ、と落山は書く。

「して、お子は」

「たえと幸吉……」

喜代は幸吉の字を指で宙に書く。

「はい、わかりました」

書きながら、落山は上目を向けた。

「で、成田に行くんですな」

登一郎は苦笑した。話は筒抜けであったか……。ただでさえ壁が薄い横丁で、吉六は声が大きい。

「しかし」登一郎は声を抑えた。

「行き先は知られぬようにしたいのだ」

「はい」落山は筆を止めた。

「そうですな、では、成田を通って香取《かとり》神宮と鹿島《かしま》神宮まで詣でに行く、ということにしましょう。成田のもっと東だから、怪しまれることはない」

成田に行くには、皆、船を使う。大川《おおかわ》（隅田川《すみだがわ》）から小名木川《おなぎがわ》に入り、そこから海へと出る。ただ、小名木川から河口に繋がる中川《なかがわ》の合流地には船番所があった。江戸に出入りする船は、そこで積荷も人も調べを受けるのだ。

「なるほど」登一郎は顎を撫でる。

「寺社詣でには番所も緩いからな」

「でも」お縁がつぶやく。

「幼子を連れてわざわざ、というのは怪しまれないかしら」

「ああ、それなら」落山は吉六に筆を向けた。

「あんた、こう言いなされ、夢でお参りに行くようにお告げを受けた、と。神様が現れたとでも言えば、役人は辟易《へきえき》して通してくれよう」

「あ、へい」

「あんたさんは」落山は喜代を見る。

「しゃべらんようにな。うっかり御武家言葉でも出たら、手形がたちまちに怪しまれる」

「はい」

喜代は深く頷いた。

落山は首を振る。

「はい、じゃなくて、あいよ、と言ってごらんなさい」

「あ……」喜代は戸惑うも、息を吸うと、顔を上げた。

「あいよっ」

うんうん、と落山は頷く。

お縁と吉六も笑顔で顔を見合わせる。

よし、と、落山は筆に墨を付けた。

「それでは、ぬかりのない手形を作ってみせよう」

その手の動きを見つめ、皆は顔を見合わせて頷いた。

二

「へえ、そいじゃ」佐平が夕餉の支度をしながら、首を座敷に伸ばした。

「往来手形もできて、夫婦として行けるわけですね」

佐平はお縁の家に出入りするうちに、すっかり状況を呑み込んでいた。

「うむ、あちらで手形を元に人別帳に届ければ、立派な夫婦として生きていける。子らも実の子としてな」

「なるほど、そんなら御名家の落とし胤《だね》は、もうこの世からいなくなるってことですね」

「そういうことだ」

登一郎は頷きながら、目を戸の隙間から外に向ける。もう、夕暮れの薄闇が広がっている。

佐平は鍋を覗き込んでいる。

「やっぱし、味噌汁だけはあっついのにしなけりゃね」

うむ、と頷いた登一郎ははっと、顔を回した。

ピイッー、という高い音が鳴った。

清兵衛殿の笛だ……。

登一郎はすぐに懐から笛を取り出し、口に付けた。

ピイッーと鳴らす。続けて、二回、吹く。

隠れろ、喜代殿……。そうつぶやきながら、刀を手に取った。

くそっ、夕暮れを狙ったか……。

刀を腰に差しながら、土間に飛び降りると、戸の隙間に顔を付けた。

お縁の家の前に、男達の姿が見える。
一、二、三……。
ここに二度やって来た二人組だ。もう一人は……やはりあの男か……。

辻井家からの帰り道に現れた怒り肩の武士だ。

二人組の背高のほうが、家の戸にいきなり手をかけた。が、開かない。

お縁は笛の音を聞いて心張り棒をかけたのだろう。

「開けよ」

背高が怒鳴る。

家の中はしんとして、なにも返ってこない。

よし、じっとしていてくれ……。登一郎は胸中でつぶやきながら、男らの動向を見つめた。

小柄な男が怒り肩を見て、顎をしゃくった。

「戸を破れ」

はっ、と怒り肩が一歩下がった。と、身体を斜めにして戸に体当たりをする。

が、戸は動かない。

小柄が大きく振り返る。

「そなたらもやれっ」

え、と登一郎は覗かせた目を動かす。二人の若い武士が姿を見せた。

しまった、まだいたか……。

登一郎は戸を開けた。

同時に、若い武士二人が、戸に体当たりをした。

戸が外れ、倒れる。

「やめろっ」

登一郎が飛び出した。

清兵衛も、家から刀を差しながら出て来た。

二人組は目を配りつつも若い武士らに、手を上げる。

「中にいる赤子を連れ出せ、赤子だけでよい」

「はっ」

若武者二人が家の中に飛び込む。

「待てっ」

登一郎がその後を追う。

その前に、背高が立った。

「邪魔立ていたすな」

「おう」

小柄も柄に手をかけて、横に並ぶ。

その背後を、清兵衛が走った。

「中はまかせろ」

家の中に走り込んで行く。

中からは戸を開ける音や物を蹴飛ばす音が響いている。

「やめんかっ」

清兵衛の声も上がった。

「きゃあっ」

お縁の声も上がった。

登一郎は家に横目を向ける。喜代殿、隠れたな……幸丸、いや幸吉、頼む、泣かないでくれよ……。

そう唱えつつ、登一郎は柄に手をかけた。

二人組もすでに鯉口を切っている。

その横に、怒り肩も並んだ。

三人の目が登一郎を見据えた。それぞれの目を、登一郎も見返す。皆、赤味を帯び、吊り上がった目だ。

「帰れ」

登一郎も鯉口を切る。

「くだらんことに子まで巻き込むなっ」

口から声が出ていた。

「なんだと、くだらんとは無礼千万……」

背高が刀を抜いた。
「今日は容赦せぬ」
地面を蹴った。
登一郎は刀を抜いて、そのまま回す。
「こっちの台詞《せりふ》だ、斬る」
刀が相手の太股を斬った。
背高が上体を崩す。
「このっ」
小柄が刀を振り上げる。
登一郎は身を翻すと、そちらに向いた。
突いてくる刀を躱し、横に飛んだ。と、刀を回す。
その先が、脇腹を斬りつけた。
ぐっと、唸って小柄も身を傾ける。
怒り肩も刀を抜く。
と、そこに家の中から二人が飛び出して来た。
一人は肩を押さえ、もう一人は腕を押さえている。

その背後から、刀を手にした清兵衛がゆっくりと出て来た。

若い武士は身を傾けながら、

「いません」

と、叫ぶ。

「中には女一人だけです」

もう一人が家を振り返る。

そこには顔を強張らせたお縁が立っていた。

「そうだ」登一郎はまた声を放った。

「あの赤子は死んだ」

その言葉に、五人は目を剝いた。

登一郎は刀の切っ先を順に向けた。

「病で三日前に亡《の》うなったのだ」

背高が口を歪める。

「なんだと」

登一郎はずいと足を踏み出す。

「母御は供養をしたいと言って、善光寺《ぜんこうじ》に旅立った。ここにはもうおらん」

なんと、と小柄が歯がみをする。

そこに、戸が開く音が鳴った。

落山が出て来る。

「なんだね、この騒ぎは」

その隣の戸も開いた。

「どうしたってんだ」

口利き屋の利八も姿を現した。

「うるせえぞっ」

そう怒鳴りながら、作次も出て来た。手には大きな金槌を握っている。

「なんだなんだ」

新吉も飛び出して走って来る。手に掲げているのは、彫り刀だ。

皆が、詰め寄ってくる。

五人はじりじりと後ろに下がる。

「役人を呼ぶかい」

新吉の声に、五人はくっと息を吐きながら、刀を納めた。

「引くぞ」

背高の声に、いっせいに踵を返して走り出す。

「おととい来やがれっ」

新吉の怒声が追うが、五人の背中はすぐに横丁から消えていった。

ふう、と登一郎も刀を納める。

清兵衛も続きながら、にやりと笑った。

「無事に成敗《せいばい》できたな」

うむ、と登一郎は皆を見回す。

「いや、助かった」

なあに、とそれぞれの声が重なる。

「お安い御用さ」

皆が戻って行く。

それを見送って、登一郎はあっと、顔を上げた。

「喜代殿」

家の中へと走り込んだ。

隠れ場所のある押し入れの襖は開けられていた。

が、床板の上には柳行李が置かれている。

「大丈夫」お縁が追って来た。「すぐに隠れて、あたしが行李を置きましたから」

そう言いながら行李を取り出した。

「喜代殿」

登一郎は板を持ち上げる。

その中で身を丸くした喜代が、顔を上げた。

ほっと息を吐いた登一郎は、すぐに目を剝いた。

喜代の腕は空だ。

「子はどうした」

ああ、と喜代は穴から出て来る。

「ここにいたら、縁の下から末吉さんが入って来て、幸吉を連れ出してくれたんです」

なんと、と登一郎は目をしばたたかせた。

「まあまあ」お縁は顔をのけぞらせた。

「そうだったの、幸ちゃん、泣かないでえらいと思ってたら……」

よし、と登一郎は喜代の腕を引いて、立たせせた。

「なれば、末吉さんの家に行こう」

お縁の家を出て、連れだって行くと、末吉はそっと戸を開けた。

「収まりましたか」

うむ、と頷くと、末吉は「どうぞ」と中に招き入れた。

泣いたあとのある幸吉の顔を、喜代はそっと手で拭った。

「いやぁ」末吉が笑う。

「ここにいたら泣き出しちまったんで、隠し部屋にこもったんでさ」

「そうであったか」登一郎は肩の力を抜いた。

「いや、よくぞ機転を利かしてくれた。泣き出したらまずい、と気が気ではなかったのだ」

「ほんと、あたしもはらはらしてました」お縁が泣き笑いの顔になる。

「けど、あの隠れ場所を造っておいて、本当によかったこと。先生の思惑どおりでしたね」

いや、と登一郎は面持ちも弛めた。

喜代は「よしよし」と子を揺すっている。

「怖かったわねぇ、ごめんなさいね」

幸吉は手を伸ばして母の顔を触っていた。

ふうむ、と登一郎は末吉を見た。

「ここは隠し部屋もあるし、どうであろう、母子をここに匿ってもらえまいか。もう来ぬとは思うが、お縁さんの家は戸は壊され、中も荒らされてしまったことだし」

「ああ、かまいませんよ」末吉は上を指さした。

「二階をお使いなさい、お縁さんも一緒に。なあに、戸は明日、直してあげましょう」

「すみません、ご迷惑を」

子を抱いたまま、喜代は深々と頭を下げる。

「なあに」末吉が笑う。

「のっぴき横丁は困った人を助けるのが役目、甲斐があるってもんでさ」

登一郎も口元を弛めつつ、天井を見上げた。

「さて、では明日は吉六さんと話をせねば……あぁ、そうだ、落山殿にも頼まねばならん……」

そこに幸吉が泣き出した。

「ああ、お腹が空いたのね」

そういう喜代の声に、登一郎は慌てて立ち上がった。

「では、わたしはこれで」

「おっと、あたしも」

と、末吉も続く。

そそくさと草履を履くと、乳の匂いが鼻に漂ってきた。

外に出た末吉は「ありゃ」と走り出す。

お縁の家の戸が外されたのを、誰かが立てかけてくれていた。

戸に手をかけて確かめる末吉を、登一郎は、

「大丈夫そうか」

と、覗き込む。

「へい、腕の見せどころってもんで」

胸を叩く末吉に、

「頼もしいな」

と、登一郎は頷いた。そのまま、落山の家の前に立つと、

「落山殿」と声を張り上げた。

「頼みがある」

三

翌朝、夜明けとともに登一郎は横丁を出た。

葺屋町の辻を曲がり、長屋の木戸を探す。すぐに五郎兵衛長屋が見つかった。

ここか、と入り、戸を見ていくと、三軒目に吉六と書かれた戸があった。

「ごめん」

声をかけると、すぐに吉六が戸を開けた。

「おっ、先生でしたか……え、なんかあったんですかい」

顔を歪める吉六に頷いて、「邪魔をする」と入り込んだ。

あー、と目を丸くするおたえに、笑顔を作り、登一郎は吉六と向かい合った。

「あの、いってえなにが……」

身体を揺らす吉六に、

「うむ、昨日な……」

登一郎は騒動の顚末《てんまつ》を話す。

「え、怪我はなかったんですかい」

「うむ、喜代殿も幸吉も無事だ」

あぁ、と吉六は張っていた肩を下げた。

「よかった……ありがとうござんす」

頭を下げる吉六に、登一郎はふっと口元を弛めた。すっかり亭主だな……。

「それで、だ、この際できるだけ早く江戸を離れたほうがよい」

言いながら家の中を見渡す。あるのは隅に積まれた布団と箱膳だけだ。

「だいぶ、片付けたな」

「へい、路銀《ろぎん》もできやしたから、いつでも発《た》てます」

「そうか、では、明日の朝、発ってくれ」

「へっ」と口を開く。

「明日ですかい……いや、できることたできますけど」

「うむ、母子はもういないことにしたのでな、早く身を隠したほうがよいのだ。明朝の明け六つ（午前六時）……いや、幼子にはつらいか、六つ半（七時）の船に乗れそうか」

大川からは乗り合い船が多く出ている。

「へい、行けまさ」

「よし、では、早めに船着き場に行って待っていてくれ。わたしは喜代殿と幸吉を連れて行く」

「え、一緒に行くんですかい」

「そうだ、そなたらはもう一家ではないか」

一家、とつぶやいて、吉六は大きく息を吸い込んだ。

「よっしゃ、あっしが女房子供らを守って行きますぜ」

ぱんと胸を叩く。

「うむ、その意気だ、頼んだぞ」

登一郎は立ち上がる。と、おたえが寄って来て見上げた。

「明日、船に乗るの」

「そうだ、きよたまもこうたんも一緒だぞ」

頷くとおたえは両腕を上げて、飛び跳ねた。

「一緒に行くんだ、うれしい」

うむ、と微笑んで、登一郎は外に出た。

下谷町の裏道に入ると、登一郎はそっと辺りを見回した。

よし、怪しい気配はないな……。思いながらも裏口に回り、抑えた声をかける。

「ごめん、わたしだ、真木だ」

足音が鳴って、富美が戸を開けた。

「まあ、真木様……さ、中へ」

座敷に上がると、幸之助も袴の紐を締めながら、正座をした。

「すまぬな、早くに」

登一郎は腰を下ろしながら、目を動かした。以前あった道具などがすっかり姿を消している。

「すっきりとしているが、処分されたのか」

「はい」富美が頷く。

「古道具屋に持って行ってもらいました。いずれ離れるのですから」

「わたしも」幸之助が拳を握った。

「近いうちに務めを辞する所存です。病ということにしようかと」

「いや」登一郎は手を上げた。

「もう行かぬほうがよいかもしれん。実は、昨日……」

横丁の騒動を伝える。

「なんと」幸之助が拳に力を込める。

「そのような力ずくに出たのですか」

「まあ」富美が眉を寄せる。

「やはり、お屋敷に知られていたのですね、わたくしが迂闊だったせいで」

「いや」登一郎は首を振った。

「隠密役が動けばすぐに知れること、お気に召されるな。迂闊といえばわたしもだ、あの二人、つい腹立ち紛れの勢いで斬ってしまったしな」

「斬った……」

顔を引きつらせる幸之助に、登一郎は苦笑を見せた。

「なに、急所を外しての浅手《あさで》だ。案ずることはない、たとえ殺したとしても、家名を明かさぬ相手だ、届け出ることなどできまい」

「はあ」幸之助は、ほっと息を吐く。

登一郎は並んだ親子を見た。

「それと、これも咄嗟のことだったのだが、赤子は三日前に死んだ、と相手に告げたのだ」

「死んだ」

声を高める富美に、登一郎は片目を細める。

「うむ、思いつきでな、追っ手を断つためにはそれがよかろう、と」

「なるほど」幸之助は腕を組んだ。

「そうか、それは考えつかなかった、よい手ですね」

「うむ、それでな」登一郎は懐から、小さな包みを取り出した。

「これを作ってもらった」

畳に置いて包みを開く。と、現れたのは小さな位牌だ。

「これは」

手に取って、幸之助が見つめると、隣の富美も覗き込んだ。

登一郎も首を伸ばす。

「横丁には位牌を作れる人もいるのだ。修行を積んだことがあるゆえ、戒名もつけられるし、そのように立派な字も書ける。その戒名は適当に考えたらしいが、赤子に使う字だそうだ」

まあ、と眉間を狭めて顔を上げる富美に、登一郎は苦く笑う。

「縁起が悪いと思うかもしれぬが、子の身を守るためだ。万が一、この家に屋敷の者が来たら、その位牌を見せるがよい」

「なるほど」

　頷き合う親子に、登一郎はつけ加える。

「喜代殿は子の供養のために善光寺に向かった、とこれも咄嗟に言っておいた」

「善光寺、ですか」

　首をかしげる富美に、目で頷く。

「成田は江戸の東、善光寺は西であるから、反対側を伝えたのだ」

「ああ、そういう」

　富美がやっと面持ちを弛めた。

　幸之助は位牌を顔の前に掲げる。

「それはよいお考えです。しかし、わたしが知らなかったことにするのは……昨日も中屋敷に行きましたし、なにゆえに言わなかったと責められたら……」

「うむ、それゆえ、もう屋敷には行かないほうがよい。この家をすぐに片付けて、宿にでも移り、そこから成田へ発てばよい。喜代殿は明朝、発つことになったから、しばらくしたら、あとを追えばよかろう。成田の吉八という店だから、行けばすぐにわかるはずだ」

　富美と幸之助は顔を見合わせる。と、ともに頷いた。

「はい」

うむ、と登一郎は顔を引き締める。

「これで皆が無事に江戸を離れれば、この件はけりがつく。あと少々の頑張りですぞ」

登一郎は腰を浮かせながら、幸之助を見た。

「最後に大名家の名を……」言いかけて、いや、と首を振った。

「やめておこう、聞けばよけいに腹が立つ。どこぞの名門、それで十分だ」

片目だけで笑う。

「かたじけのうございます」

低頭する二人に、目顔で頷くと、登一郎は「ではな」と立ち上がった。

四

「お気をつけて」

見送るお縁に、喜代は深々と頭を下げた。

「さ、参ろう」

荷物を手に持った登一郎が、母子と歩き出す。

横丁を出た登一郎は、目で後ろを探る。よし、尾けて来る者はいないな……。そう己に頷いて、喜代に歩調を合わせた。

朝の賑わう神田の町を抜けて、三人は大川を目指した。

すでに目の先は開け、広い河川敷が見えている。永代橋《えいたいばし》と両国橋《りょうごくばし》のあいだに架かる新大橋《しんおおはし》も見えていた。その橋の袂《たもと》に船着き場がある。

「お、いるぞ」

登一郎は半歩おくれて歩く喜代を見た。おたえも横にいる。

河川敷の手前に吉六が立っている。

こちらに気づいた吉六は大きく手を振った。

登一郎と喜代の足が速まる。

おたえが笑顔で駆け寄って来た。

「待ってたよぉ、よかったぁ」

おう、と登一郎はその頭を撫でながら、吉六に寄って行く。

「待たせたな」

「いや……なんつって、気が急いて早く来ちまいました」

吉六は川へと振り向く。

「もう、先から船がどんどん出てまさ。あれはさっき着いたやつだから、乗れるでしょう」

細い栈橋《さんばし》の横に、乗り合い船が着いている。

そちらに歩きながら、吉六は登一郎に手を伸ばした。

「あ、荷物はあっしが」

「うむ、頼むぞ、亭主殿」

笑いながら、手渡すと、吉六は「いやぁ」と身をくねらせながら、それを抱える。

船にはすでに人々が乗り込んでいた。

喜代はおたえと手を繫いだ。

成田詣でに行くらしい男達は、浮かれて騒いでいる。寺参りのあとには、宿屋での遊びが待っているからだ。それに混じって、荷物を持った男達もいる。商売人達だ。

空いた場所が減っていく。

「では、気をつけるのだぞ」

栈橋の手前で立ち止まった登一郎に、吉六と喜代は腰を折った。

「ありがとうございました」

「礼など無用、さ、行け、船に乗れなくなるぞ」

手で押すと、親子は桟橋を歩き出した。

吉六が先に乗り込み、喜代に手を貸す。

中で腰を落ち着けると、喜代と吉六は改めて登一郎を見た。

頷く登一郎に同じように返すと、二人は顔を見合わせた。笑顔になったのが見て取れる。

「出るぞぉ」

船頭が棹《さお》を差すと、船が動き出した。

両脇の漕ぎ手も櫓《ろ》で水を掻く。

船は桟橋を離れ、川に漕ぎ出した。

ゆらゆらと揺れながら、船は対岸のほうへと進んで行く。そこには小名木川の河口があった。

川を東へ進んだ船は、海に出てから行徳《ぎょうとく》を目指す。行徳で上陸した人々は、そこから陸路で成田へと向かうのだ。

小さくなっていく船を、登一郎は見送った。

船は小名木川に入り、一《ひと》つ目橋《めばし》をくぐる。もう人の見分けはつかない。

登一郎は佇《たたず》んだまま、辺りを見渡した。

小名木川から大川に入って来る船もある。

大川の上流から下って来る船も、次々と途切れない。

さらに大川河口からも多くの小舟が上がって来る。朝一番の漁を終えた漁師らが、日本橋の河岸へと魚を運ぶ船だ。それらは永代橋の手前で日本橋川へと入って行く。

登一郎は大きく腕を広げて、息を吸い、吐いた。

さあて、とその踵を返すと、歩き出す。

が、すぐにその足を止めた。

おや、あれは……。前からやって来るのは富美と幸之助だ。

大きな荷を背負った幸之助と小さめの荷を斜めにかけた富美が、おぼつかない足取りでやって来る。

なんと、今日発つことにしたのか……。登一郎はその場で待つことにした。

が、その足を踏み出した。

二人の背後から男が走り出し、前に駆け込んだのだ。

怒り肩の男だった。

男は刀を抜くと、その切っ先を富美に向けた。

あやつ……。登一郎は走り出す。

富美が腰を抜かして、尻餅をついた。

隣の幸之助が刀を抜く。

「待てっ」

登一郎も走りながら、鯉口を切った。

怒り肩が振り向く。

ちっ、と顔を歪めて、半身を向けてきた。が、切っ先は富美に向いたままだ。

「また、そこもとか」

怒り肩は登一郎に顔を向ける。

走り込んだ登一郎は、その横に立った。

「やはりそなたか」登一郎は刀を抜く。

「来るならそなただと思うていた。一番疑り深い目をしていたからな」

ふん、と怒り肩は鼻を鳴らす。

「敏《さと》いと言うてほしいな。お子が死んだというのは謀《たばか》りであろう」

登一郎を上目で見て、それを富美に向けた。

「どうだ、御母堂、真のことを言うては」

切っ先を目の前に突きつけた。

「よせっ」

幸之助が刀を構える。

登一郎も刀を抜いた。

怒り肩は目元を歪めた。

「侮《あなど》るな、わたしは皆とは腕が違うぞ」

なるほど、と登一郎は男の顔を見た。横丁で手傷を負った四人とは違う、と言いたいのだな……。

登一郎は刀を上げた。

怒り肩は反転して、口元で笑った。

ふっと怒り肩は登一郎と向き合う。

「先だっては年寄りだと思って油断したが、もう手は抜かん」

そう言うと、地面をじりりと踏んで寄って来た。

「それはけっこう」

登一郎も腰を落とす。

ていっ、と声を上げて、怒り肩が地面を蹴った。

振り上げた刀が宙を斬る。

登一郎は刀を回し、それを受けた。

そのまま腕に力を入れて、弾く。

男の身体が傾いた。が、立て直すと、突きの構えになった。

登一郎は一歩、下がり、向き合った。

男の吊り上がった目を見据える。

なるほど、と登一郎は腹の底でつぶやく。この男、誰よりも敏く腕が立つと自負をしているのに、軽んじられていると腹を立てているのだな……。

とうっ、と男が正面から踏み出した。

登一郎は横に躱して、身体を回した。

背後に回ると、

「斬る」

と、刀を下ろす。

背中の着物が切れた。

男が止まる。

着物の奥から、血がにじみ出る。

「くっ」

男は身体ごと振り返る。

同時に、登一郎はその足首に峰を打ち込んだ。

ぐっ、と息を詰まらせ、男が身を折る。

「そこまでだ」

登一郎は首筋に切っ先を当てた。

「あのお子は死んだのだ」

登一郎は幸之助を見た。

「位牌を……」

「あ、それなら」富美が荷をほどく。

「わたくしが……ここに」

差し出された位牌を登一郎が受け取る。

それを怒り肩の目の前に突き出した。

「そら、これがその証。これはそなたが持って行け」

歪めた顔で男が見上げる。

登一郎は腰を落とすと、男と顔を合わせた。

「背中の傷は浅い。しかし、それを見せて位牌を渡せば、そなたの忠勤ぶりが伝わるであろう」

さあ、と登一郎は位牌を手元に差し出す。

男はそれをぐっと握りしめた。

「これで決着だ」

登一郎は男の眼を見据えてから、立ち上がった。

「さあ、行け」

男は位牌を懐にしまうと、よろけながら立った。歪んだ顔で皆をひと睨みすると、黙って背を向けた。

足を引きずりながらも、足早に去って行く。

姿が見えなくなって、登一郎は息を吐いた。

息子につかまって立った富美が、苦く笑う。

「お恥ずかしい姿を……」

「いや、驚かれるのは無理もない」登一郎は親子に向き合う。

「しかし、よもや今日来るとは……喜代殿は無事に発ちましたぞ」

「そうですか」幸之助の面持ちがやっと弛んだ。

「いや、昨日、あれから大急ぎで家を片付けたのです。善は急げ、いえ、ぐずぐずせぬほうがよいと思いまして」

「そうであったか。あのような追っ手が来たのだから、それはよい判断であったといえよう」登一郎は怒り肩の消えたほうを見た。

「さすがに、これでけりが付いたであろう。お二人も、船に乗られるがよい」

「はい」

親子は頷き合う。

富美の腕を支えながら、登一郎は桟橋へと付いて行く。

ちょうど新たな船が着いたところだった。

「うまくすれば、途中で追いつけるかもしれん。幼子がいれば足が遅くなるだろうからな」

そう微笑む登一郎に、親子は並んで低頭した。

「なにからなにまで、かたじけのうございました」

「なんの」

そう言うが、親子は頭を上げようとしない。

困ったな、と思った登一郎は、

「では、これにて」

と、踵を返した。

歩き出す背中で、二人がやっと頭を上げた気配を感じた。それが桟橋を進んで行く気配になるのを感じながら、登一郎はそのまま歩き続けた。

河川敷の端まで行くと、そこでやっと振り返った。

揺れる船の上に、二人の姿が見て取れた。

船の浮かんだ川面は、光を受けてきらきらと光っていた。

五

朝餉の膳を片付けた佐平が、台所から振り向いた。

「先生、今日からお暇ってことですか」

「うむ、やることがなくなったな」

登一郎はゆっくりと立ち上がる。

「どれ、棚でも作るか」

台所に行くと、「やっ」と声を上げた。

新しい棚がすでにできていた。

「ああ」佐平が笑顔になる。

「昨日、あたしが作ったんです」

鍋や笊《ざる》が並べられている。

佐平は手を拭きながら、土間から見上げた。

「ゆっくりとお湯にでも浸かってらしたらどうです。ここんとこずっと、烏《からす》の行水《ぎょうずい》だったでしょう」

ふむ、と登一郎はかけてある手拭いを見た。

「そうだな、そうするか」

ほかほかと温まった身体で湯屋を出た登一郎は、歩き出した足を止めた。

そうだ、と向きを変える。

以前、来た道を辿って、店の看板を見上げた。

〈せともの美濃屋〉と書かれた看板だ。

店の中を覗くと、おっ、と登一郎は足を踏み入れた。

帳場台に善七が座っている。

「善七さん」

近寄った登一郎の声に、善七は筆を止めて顔を上げた。

「あ、これは真木様」にこやかに見上げる。

「いやはや、その節はお世話になりました」

帳場台から離れると、正面で手をついた。

「いや、礼には及ばん……そうか、元気になられたのだな」

顔を上げる善七に、登一郎はそっと言った。

「あの騒動の翌日、気になって来てみたのだ。したら、寝込んでいる、と聞いてずっと気にかかっていた」

「おやまあ、そうでしたか。それは恐れ入ります」

もう一度頭を下げて、善七は立ち上がった。

「さ、どうぞ、お上がりください。真木様にお見せしたい物もありますし……」

奥を示す善七に、登一郎は「では」と草履を脱いだ。

すたすたと歩いて行く善七に付いて、長い廊下を進む。

「こちらが住まいになってましてね……さ、どうぞ……」

廊下を曲がった。

そこで閉められていた、障子を開けた。外は小さな庭になっていた。

「ほう、庭か」

「はい、そら、あれを」

手を上げた先には、枝折戸が立っていた。

「お、あれはあの家にあった物か」

「はい、これだけは壊されなかったので、持って来たんです」

善七は廊下に腰を下ろす。

登一郎もその横に並ぶと、善七が横目を向けてきた。

「あの日は、さすがに粥も喉を通らず、寝込んでしまいました。とは言っても、眠れるもんじゃありません。口惜《くちお》しくて、腹立たしくて、あの采配を振るっていた与力の顔が瞼《まぶた》から離れなくて……以前、町で見かけた鳥居耀蔵の顔も浮かんでくるしで、そのたびに頭がかっかとしたもんです」

「ふむ、それはそうであろう」

登一郎も取り壊しの情景を思い出し、腹の底が熱くなっていた。

「あのようなことを平気でする、その心根がわからん」

ああ、と善七が笑顔になる。

「御武家様でもそのように思われますか……いや、のっぴき横丁にお住まいになるお方なればこそ、ですか」

善七は顔を斜めにして、登一郎を覗き込んだ。

「それじゃ、言っても大丈夫ですね。いえ、あたしは二日目も寝込んだままだったんですよ。ですが、三日目の明け方、夢を見たんです。あの与力と鳥居耀蔵が出て来ましてね、あたしはいつの間にか手に脇差しを持ってました。それでね、こう……」

善七は手を振り上げた。

「こんちくしょうっ」

大声を放つ。

登一郎が驚くと、善七はにっと笑った。

「夢です。夢の中で、そう叫んで、与力と鳥居耀蔵に斬りつけてやったんです」

「ほ、う」

見開いたままの登一郎の眼に、善七は腕を振ってみせる。

「奉行がなんだ、与力がなんだ、と叫んで、こう右から左から、ぶった斬ってやりました。不思議と血は出ないんですけど、二人とも独楽《こま》みたいに回って、倒れて……」

「ふうむ」

登一郎もその情景を思い描いてみる。くっと、笑いそうになった。

善七のほうは遠慮なく笑い声を上げる。

「いやぁ、すっきりしました。そこで目が覚めたんです」

善七は笑顔で頷く。

「ふうむ」登一郎も口元が弛んでいた。

「それはさぞかし、気味がよかったであろう」

「はい、胸がすくとはこのことかと……で、起きて朝飯を食べました、三杯、お代わりをして」

「うむ、さぞかし腹が減っていたことだろう」

登一郎も笑い出した。

善七は空を見上げる。

「腹がくちくなって、あたしは考えたんです。ようし、また家を建ててやる、ってね。なあに、こんな世は長く続くはずがない、と思ったんですよ。そら、昔から言うじゃありませんか、驕《おご》れる者久しからず、ってね」

「なるほど、それで隠居をやめにしたということか」

「さいです。普請で金を使ってしまいましたから、また貯めなけりゃなりません。腹は立つけど、なに、やればできることだ。あたしは負けませんよ」

善七はすっくと立ち上がった。

手を上げると、登一郎を家の中へと招いた。

「こちらにも見ていただきたい物があるんですよ」

座敷へと入って行く。

床の間の柱の前で止まると、善七は掛けられている短冊を指した。

なめらかな墨の文字が記されている。

「俳諧を始めたんです」

ほう、と登一郎は短冊を見つめ、それを声にして読んだ。

〈打たば打て　負けじの蠅《はえ》がここにあり〉

善七は肩をすくめて笑う。

「小林一茶《こばやしいっさ》からちょいと借りました」

「ふむ、一茶か……〈やれ打つな蠅が手をすり足をする〉だな」

「はい、好きな句でして。これは、朝飯三杯を食べたあとに、ふいと浮かんだんです。御奉行様や与力様からみれば、あたしら町人は蠅と同じなんでしょう。だから、平気で打つ。けど、蠅にだって意地はあるんだ。そう思ってね、まあ、駄作ですが、この心意気を忘れないように、こうして書き留めたんですよ」

「ほう、よい句だと思うぞ」

登一郎の言葉に、善七は目を細める。

「俳諧は隠居してから、と思ってたんですけど、それも変えました。いずれ、そのうち、なんて思って先延ばしにしてると、どうなるかわかったもんじゃない。やりたいことはすぐに始めることにしたんです」

「ふうむ、それはよい心がけだ」

はい、と善七は庭に目を向けて、廊下に戻る。

「あの枝折戸は必ず使いますよ」

善七は手を上げ、枝折戸を指さした。その目を登一郎に向ける。

「次の家を建てるときには、ぜひ、またお知恵をお貸しください」

「おう」並んだ登一郎は大きく頷いた。

「また声をかけてくれ、楽しみにしているぞ」

顔を見合わせて、笑みを交わす。

「末吉さんも張り切るであろう」

登一郎の言葉に、善七も目を細めた。

「ええ、また腕を振るってもらいますよ。あたしはそのために、気張って稼ぎますとも」

どん、と胸を打つ。

二人の前を雀《すずめ》が横切り、枝折戸に止まった。そして、チュンとひと声、鳴いた。

時代小説
二見時代小説文庫

名門《めいもん》斬《ぎ》り　神田《かんだ》のっぴき横丁《よこちょう》5

二〇二三年　十　月二十五日　初版発行

著者　氷月《ひづき》　葵《あおい》

発行所　株式会社　二見書房
〒一〇一-八四〇五
東京都千代田区神田三崎町二-一八-一一
電話　〇三-三五一五-二三一一［営業］
　　　〇三-三五一五-二三一三［編集］
振替　〇〇一七〇-四-二六三九

印刷　株式会社　堀内印刷所
製本　株式会社　村上製本所

落丁・乱丁本はお取り替えいたします。定価は、カバーに表示してあります。

ISBN978-4-576-23114-3
https://www.futami.co.jp/

氷月 葵

神田のっぴき横丁

シリーズ

以下続刊

①殿様の家出
②慕われ奉行
③笑う反骨《はんこつ》
④不屈の代人
⑤名門斬り

次は勘定奉行か町奉行と目《もく》される三千石の大身旗本真木登一郎《まきといちろう》、四十七歳。ある日突如、隠居《いんきょ》を宣言、家督《かとく》を長男に譲って家を出るという。いったい城中で何があったのか？　隠居が暮らす下《しも》屋敷は、神田《かんだ》のっぴき横丁に借りた二階屋。のっぴきならない人たちが〈よろず相談〉に訪れる横丁には心あたたまる話があふれ、なかには〃大事件〃につながることも……。心があたたかくなる！　新シリーズ！

森詠

会津武士道 シリーズ

会津武士道
ならぬことはならぬものです
森詠

以下続刊

①ならぬことはならぬものです
②父、密命に死す
③隠し剣 御《お》留《とめ》流
④必殺の刻
⑤江戸の迷宮
⑥闇を斬る

江戸から早馬が会津城下に駆けつけ、城代家老の玄関前に転がり落ちると、荒い息をしながら「江戸壊滅」と叫んだ。会津藩上屋敷は全壊、中屋敷も崩壊。望月《もちづき》龍《りゅう》之《の》介《すけ》はいま十三歳、藩校日新館にて文武両道の厳しい修練を受けている。日新館に入る前、六歳から九歳までは「什《じゅう》」と呼ばれる組で会津士道に反してはならぬ心構えを徹底的に叩き込まれた。さて江戸詰めの父の安否は？
剣客相談人（全23巻）の森詠の新シリーズ！

二見時代小説文庫